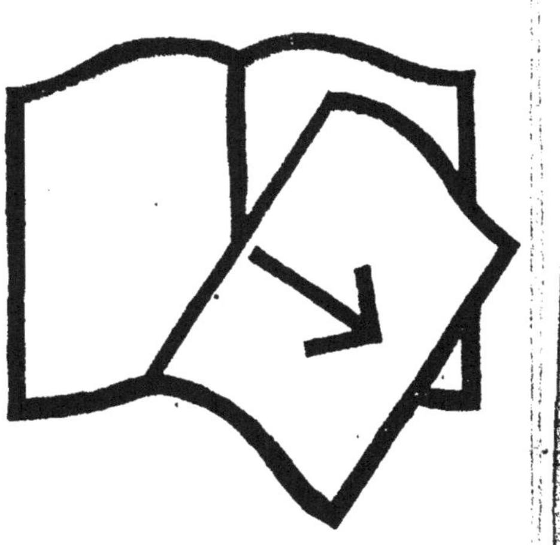

Couverture inférieure manquante

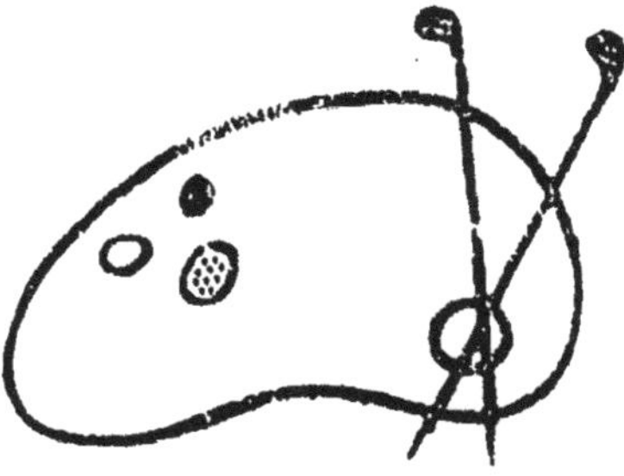

Début d'une série de documents
en couleur

SOUVENIRS
D'UNE CLEF

LÉGENDE HISTORIQUE

PAR

ÉDOUARD DE LALAING

TOURS

ALFRED MAME ET FILS

ÉDITEURS

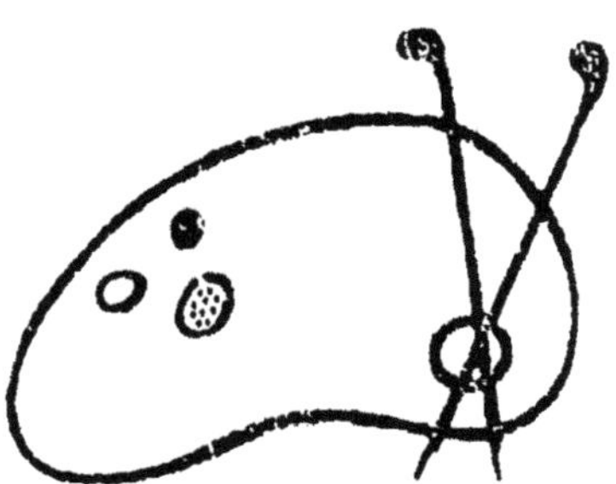

Fin d'une série de documents
en couleur

SOUVENIRS

D'UNE CLEF

—

4ᵉ SÉRIE IN-12

Marie-Antoinette fait arrêter sa voiture, et s'élance au secours
du malheureux blessé. (P. 27.)

SOUVENIRS
D'UNE CLEF

LÉGENDE HISTORIQUE

PAR

ÉDOUARD DE LALAING

TOURS
ALFRED MAME ET FILS, ÉDITEURS

M DCCC LXXXV

SOUVENIRS

D'UNE CLEF

PROLOGUE

Mon origine est illustre, et j'ai le droit de m'en montrer fière, ayant été forgée par la main d'un roi.

Louis XVI, quand il n'était encore que dauphin, avait, comme son aïeul le roi Louis XIII, un goût prononcé pour les arts mécaniques.

C'était au point qu'il admettait dans son intimité un maître serrurier, avec lequel il apprenait à fabriquer des clefs, des verrous, des espagnolettes, et toutes sortes de pièces plus ou moins compliquées.

Il voyait, du reste, dans les travaux de serrurerie les applications qu'ils pouvaient avoir pour la science; et la preuve, c'est qu'il existe encore aujourd'hui à la biblio-

thèque Mazarine un ingénieux mécanisme
de son invention, destiné à faire mouvoir
une immense sphère.

Malheureusement ce globe, tout en cuivre,
n'a pas été achevé, la tourmente révolutionnaire en ayant arrêté l'exécution.

Ce compagnon serrurier, en qui le royal
ouvrier avait la plus grande confiance, se
nommait Gamain. Comme tant d'autres, il a
payé d'ingratitude les bontés de son maître :
car plus tard il trahit le secret de la fameuse
armoire de fer à laquelle il avait travaillé
avec le roi.

Comme la plupart des gens de métier, qui,
chacun dans sa partie, tiennent à honneur
de produire un *chef-d'œuvre*, le Dauphin,
jaloux de montrer son savoir-faire, voulut
un jour fabriquer à lui seul une serrure; et
il fut bien convenu que, pour cette fois, Gamain s'abstiendrait de lui prêter la main, et
même ne lui donnerait aucun conseil.

C'était, on en conviendra, une entreprise
assez téméraire pour un apprenti : aussi
Gamain hocha-t-il la tête en voyant son
élève se mettre bravement à l'ouvrage.

« Toi, murmura-t-il tout bas, si tu viens
à bout de ce que tu entreprends là, je veux
bien aller de Versailles à Paris sans boire. »

En effet, ce travail compliqué dépassait les forces du Dauphin : aussi, après deux jours de tâtonnements et d'essais infructueux, découragé par mille difficultés que son inexpérience ne pouvait parvenir à surmonter, il abandonnait ses outils sans chercher, du reste, à dissimuler le vif dépit qu'il éprouvait.

« J'avais prévu ce qui arrive, dit à ce propos Gamain en s'emparant brusquement des pièces éparses sur l'établi : un apprenti qui croit en savoir autant que son maître!... si ça ne fait pas suer! je vais la finir, moi, votre serrure; et pendant ce temps-là, si toutefois vous en êtes capable, vous allez me forger la clef. »

Le Dauphin sentit le rouge lui monter au front; mais il sut se contenir, et ne parut nullement formalisé des paroles irrévérencieuses que venait de prononcer son *camarade d'atelier*.

Depuis longtemps, d'ailleurs, le petit-fils de Louis XV était habitué à ce ton plus que familier, que, dans le principe, il avait eu le tort de laisser prendre; mais le doute outrageant que Gamain venait d'émettre piqua singulièrement son amour-propre.

Sans dire un seul mot, il saisit la chaîne

du *soufflet*, activa le feu de la forge, et fit chauffer à blanc l'extrémité d'une petite barre de fer.

Puis, quand il en eut séparé, au moyen d'une *tranche* aciérée, la partie dont il avait besoin, il la saisit vivement avec une *pince*, la posa sur l'*enclume*, et commença à la marteler.

Ce ne fut d'abord qu'un *lopin* informe, d'où s'échappaient à chaque coup de marteau un millier d'étincelles; mais peu à peu, grâce à l'habileté de la main qui le travaillait, le fer incessamment tourmenté subit une véritable métamorphose.

Il avait pu se demander pendant son long martyre, comme le bloc de marbre du bon la Fontaine, inquiet de la forme qu'il allait recevoir : Serrai-je verrou, gâche ou charnière? Mais il comprenait à ce moment qu'on le destinait à un plus noble usage, et il oubliait ses souffrances en se disant avec orgueil : Bientôt je vais avoir à remplir un emploi de confiance : bientôt je vais être... une clef.

Ce n'était pourtant encore qu'une simple ébauche, mais affectant déjà une forme élégante et susceptible d'être facilement dégrossie.

Cependant, au préalable, il s'agissait de la forer, et c'était là que Gamain attendait son apprenti.

Cet homme avait au cœur le germe de tous les vices : il était vaniteux, envieux, jaloux; et, au lieu de se glorifier des progrès du Dauphin, progrès dont il pouvait jusqu'à un certain point s'attribuer le mérite, il constatait avec dépit que chaque jour son apprenti, profitant de ses leçons, devenait plus habile.

Il ne put donc cacher sa mauvaise humeur, quand il le vit assujettir sa pièce dans l'*étau*, s'armer de l'*arçon*, et, sans lui demander le moindre conseil, procéder lestement à l'opération délicate du forage.

Gamain n'avait pas perdu de vue son compagnon, et, pour mettre en relief sa supériorité, tout en ayant l'air de lui faire un compliment :

« Bravo ! la *coterie !* s'écria-t-il, voilà une pièce capable de vous faire honneur! et quand j'aurai donné à votre clef un coup de *fion*...

— Le coup de *fion*, répondit le Dauphin en appuyant sur cette expression faubourienne, je le donnerai moi-même. »

Et, joignant l'action à la parole, il prépara tranquillement ses limes.

« Sais-tu, dit-il un instant plus tard au
maître serrurier, qui le regardait en haus-
sant dédaigneusement les épaules..., sais-tu,
toi qui te crois si malin, à qui l'on doit l'invention des clefs?

— Ma foi non.

— Eh bien! *Eustathe* l'attribue aux Lacé-
démoniens, et *Pline l'Ancien* à *Théodose* de
Samos...

— Connais pas ces particuliers-là.

— *Théodose* de Samos, ajouta le Dauphin,
est, suivant *Pausanias*, le même qui inventa
l'art de fondre le bronze.

— C'est possible, grommela Gamain tout
en continuant à travailler à sa serrure;
mais tout ça ne m'apprend pas comment
vous entendez découper votre *panneton*, et
j'ai besoin de le savoir pour disposer mes
gardes.

— Mon *panneton*, dit le Dauphin après
avoir réfléchi quelques instants, reproduira
mon chiffre : deux L entrelacées.

— Plus que ça de complication ! Excusez
du peu.

— Car j'entends que ma clef s'adapte à
une serrure de sûreté; et, ajouta-t-il tout
bas, elle a déjà sa destination. »

Le lendemain et les jours suivants, le

Dauphin employa tout le temps dont le duc de la Vauguyon, son gouverneur, lui permit de disposer, à perfectionner son travail ; et il se servit si adroitement du *burin* et de la *lime*, que petit à petit l'on vit éclore sous ses doigts le plus délicieux bijou, un véritable chef-d'œuvre.

Cette clef mignonne, dont un écusson fleurdelisé remplaçait la boucle, avait sa *tige* merveilleusement ciselée, et se terminait par un mince panneton découpé à jour et reproduisant, ainsi que l'avait annoncé l'apprenti du serrurier Gamain, le chiffre du royal ouvrier.

Si je me suis étendue aussi longuement sur la fabrication de l'objet en question, c'est qu'ici il ne s'agit de rien moins que de ma petite personne.

J'ai entendu tant de fois vanter ma gentillesse, j'ai recueilli depuis mon apparition dans le monde tant de compliments flatteurs, que j'ai dû tout naturellement en concevoir un peu d'orgueil.

Je tenais d'ailleurs à justifier ce que j'avançais au commencement de ce livre :

Mon origine est illustre, et j'ai le droit de m'en montrer fière, ayant été forgée par la main d'un roi.

MES SOUVENIRS

I

Avant de commencer le récit des événements auxquels je me suis trouvée mêlée, je dois déclarer franchement que je n'ai jamais eu l'intention d'écrire des mémoires; ils seraient d'ailleurs absolument incomplets et décousus : car, si par instants j'ai joué un certain rôle à la cour, il fut toujours secondaire et passif.

La plupart du temps tenue à l'écart, condamnée pendant des mois entiers à une solitude absolue, et, par suite, étrangère aux affaires du jour, il m'aurait été impossible d'entreprendre un récit d'ensemble.

J'ai dû me contenter de consigner sur des

pages volantes, et qu'on pourrait appeler à juste titre des nouvelles à la main, les circonstances plus ou moins intéressantes dans lesquelles j'ai été en contact avec différents personnages de l'époque, et en particulier avec mon illustre et bien-aimée maîtresse, la reine Marie-Antoinette.

Je parlerai d'abord de la princesse à qui j'appartins en premier lieu, de Madame Adélaïde, fille aînée du roi Louis XV.

Le Dauphin, voulant causer à sa tante une agréable surprise (il l'avait souvent entendue se plaindre de la lourdeur d'une clef qu'elle portait ordinairement sur elle), fit poser la serrure à laquelle je m'adaptais à la porte d'un corridor particulier, par lequel les princesses Mesdames de France pouvaient parvenir à leurs appartements sans passer par la galerie des Glaces.

Madame Adélaïde fut très sensible à cette délicate attention de son neveu; et, quand il me remit entre ses mains, elle me trouva si charmante et surtout si commode, qu'elle voulut m'utiliser le jour même pour se rendre avec ses sœurs au débotter du roi.

Ordinairement cette visite quotidienne était accompagnée d'une sorte d'étiquette.

Les chevaliers d'honneur, les dames, les

pages, les écuyers, les huissiers portant des flambeaux, accompagnaient les princesses chez le roi.

En voyant ses filles arriver cette fois toutes seules et par une porte dérobée, Louis XV fronça les sourcils; mais il ne savait pas gronder sa fille préférée, sa chère Adélaïde, sur laquelle il semblait reporter toute la tendresse qu'il avait eue pour sa propre mère, l'infortunée duchesse de Bourgogne : d'ailleurs, il apprit bientôt le motif de cette dérogation accidentelle aux usages établis.

Je venais de lui être présentée : le roi ne put s'empêcher d'admirer à son tour l'œuvre vraiment remarquable de son petit-fils.

« Voyez donc, comtesse, dit-il à Mme du Barry en cherchant à appeler sur moi son attention, croiriez-vous que cette jolie clef a été fabriquée par le Dauphin?

— Cela ne m'étonne pas, répondit dédaigneusement la favorite : je vous ai toujours dit que ce garçon-là était né pour porter un tablier de cuir. »

II

A partir de ce jour je ne quittai plus le
cabinet de Madame Adélaïde ; et si de temps
en temps elle réclamait mes services, le
plus souvent elle me laissait sur un gué-
ridon, renfermée dans un étui doublé de
satin.

Si de mon élégante prison je ne pouvais
rien voir, il m'était du moins permis d'entendre les conversations intimes et journalières auxquelles se livraient entre elles les
princesses filles du roi.

On parlait déjà à cette époque du projet
de mariage que le duc de Choiseul, alors
tout-puissant, avait formé pour Monseigneur le Dauphin, et auquel le roi Louis XV
donnait son approbation.

Mais si cette alliance avec la maison d'Autriche souriait au souverain et à son premier ministre, elle n'obtenait pas à Versailles le même succès ; elle était même fort
critiquée tout bas dans l'entourage du duc.

Quant à Madame Adélaïde, elle ne craignait

pas d'avouer hautement l'éloignement qu'elle ressentait pour la fille de Marie-Thérèse.

Cette prévention de l'altière princesse, prévention que, du reste, rien ne pouvait justifier, ne semblait pas partagée par ses sœurs.

Madame Victoire surtout, dont le doux regard et le charmant sourire étaient si bien d'accord avec la bonté de son âme, ne cessait de prêcher l'indulgence à son aînée.

Madame Louise, de son côté, ne se permettait aucune critique au sujet du futur mariage de son neveu; au surplus, cette créature angélique songeait déjà à prendre le voile au couvent des carmélites de Saint-Denis, et, complètement dominée par la vocation qui la poussait à quitter le monde, elle était devenue indifférente à tout ce qui se passait autour d'elle.

Pour Madame Sophie, la quatrième fille du roi, son affreuse laideur, qu'elle ne se dissimulait pas, lui causait une si grande timidité, qu'elle n'osait jamais ouvrir la bouche pour émettre une opinion.

Les ambitieux qui travaillaient dans l'ombre à renverser le premier ministre se donnaient souvent rendez-vous chez Madame Adélaïde, et, pour la flatter sans doute,

ils ne cessaient de répéter que le premier
ministre sacrifiait son neveu à une politique
désastreuse pour le pays; ils allaient même
jusqu'à en faire retomber la responsabilité
sur l'innocente princesse qui, en venant s'u-
nir à l'héritier de la couronne de France,
obéissait à la raison d'État.

Marie-Antoinette-Josèphe-Jeanne de Lor-
raine, archiduchesse d'Autriche, ne connaissait pas encore le prince qui allait devenir son époux; mais, en fille bien élevée,
elle était disposée à donner son cœur au
jeune prince auquel sa mère confiait sa destinée.

Telle était la disposition des esprits au
moment où la jeune archiduchesse arriva à
la frontière, et, pour son malheur, mit le
pied sur la terre de France.

III

Le lecteur se demandera peut-être comment les faits dont je vais entreprendre le
récit ont pu venir à ma connaissance.

Je prendrai la liberté de lui faire observer qu'on s'entretenait souvent devant moi des affaires du jour ; or les femmes de service, restées à Versailles pendant le voyage leurs camarades désignées pour aller avec la cour au-devant de la fiancée du Dauphin, ne manquèrent pas de se faire décrire tout au long les moindres détails des cérémonies auxquelles elles n'avaient pu assister, comme aussi les divers incidents se rattachant aux faits et gestes de la fille de Marie-Thérèse.

Malgré mes quatre-vingt-dix ans passés, j'ai encore une excellente mémoire, et je suis donc à même de répéter fidèlement aujourd'hui tout ce que j'ai entendu dire autrefois.

La suite qui devait accompagner l'archiduchesse à Versailles l'attendait dans un pavillon construit pour la circonstance sur un îlot qui se trouve au milieu du Rhin, entre Kehl et Strasbourg.

Cette suite se composait de M⁽ᵐᵉ⁾ la duchesse de Noailles, dame d'honneur ; de M⁽ᵐᵉ⁾ la duchesse de Cossé, dame d'atours, et de quatre dames du palais ; de M. le comte de Saulx-Tavannes, chevalier d'honneur ; de M. le comte de Tessé, premier écuyer, et enfin de M⁽ᵍʳ⁾ l'évêque de Chartres, remplissant les fonctions de premier aumônier.

Les mémoires du temps se plaisent à constater que l'apparition de Marie-Antoinette d'Autriche produisait sur tout le monde la même impression favorable.

« On ne peut qu'admirer cette marche aérienne, on est séduit par un seul de ces regards; et dans cet être tout enchanteur, où brille l'éclat de la gaieté française, je ne sais quelle sérénité auguste, peut-être l'attitude un peu fière de sa tête et de ses épaules, fait retrouver la fille des césars. »

Le voyage de la future Dauphine à travers la France fut un véritable triomphe. Les populations se portaient en foule sur la route qu'elle avait à parcourir; et, en la voyant si belle, si gracieuse, si bienveillante, chacun se sentait subjugué et lui souhaitait la bienvenue.

Les femmes avouaient tout bas que l'archiduchesse était une charmante créature, tandis que les hommes enviaient tout haut le bonheur réservé au petit-fils de Louis XV.

Le roi, accompagné du Dauphin, était allé attendre la jeune princesse au château de Compiègne, où, d'heure en heure, des courriers le tenaient au courant des divers

incidents du voyage. Il connaissait donc déjà
avant son arrivée le propos que sa petite-
belle-fille avait tenu en traversant la ville de
Reims, où les rois se faisaient sacrer, et il
en avait été profondément ému.

« Voilà la ville de France, avait dit Marie-
Antoinette, que je désire revoir le plus tard
possible. »

Il avait suffi d'une seule phrase pour fixer
l'opinion du vieux monarque touchant l'esprit de la nouvelle venue, et il la tenait dès
lors pour la princesse la plus spirituelle du
monde.

Aussi lui fit-il le plus gracieux accueil.

A son arrivée au château de la Muette,
où elle devait se coucher avant de se rendre
à Versailles, Mesdames de France offrirent
à leur nièce de magnifiques présents; mais
ce qui parut flatter plus particulièrement
l'archiduchesse, ce fut une clef des corridors
particuliers du château, par lesquels, lui dit
Madame Adélaïde, elle pourrait arriver,
sans être aperçue, jusqu'aux appartements
de ses nouvelles parentes.

IV

Le lecteur a deviné sans peine quelle est cette clef si précieuse dont il est ici question.

Je venais enfin d'être tirée de l'étui qui me servait de prison, et je devenais, à ma grande satisfaction, la propriété exclusive de la plus adorable des princesses.

En se dessaisissant de ma petite personne en faveur de sa nièce, Madame Adélaïde, toujours prévenue contre l'archiduchesse, qu'elle appelait avec affectation l'*Autrichienne*, avait cédé, presque malgré elle, aux instances de Madame Victoire, qui espérait trouver d'agréables distractions dans la société de la jeune Dauphine.

Toutefois Madame Adélaïde dut convenir qu'en cette circonstance l'*Autrichienne* avait fait preuve d'un tact parfait, et donné une fois de plus la preuve de l'esprit d'à-propos qu'elle possédait à un si haut degré, quand, en me recevant des mains de sa tante, elle lui dit gracieusement :

« Pour me faire apprécier toutes les belles choses que vous venez de me donner,

il n'eût pas fallu en même temps m'offrir un
objet d'un prix inestimable à mes yeux, puisque je lui devrai une intimité et des conseils
si précieux pour moi. »

A partir de ce moment, je pris place parmi
les bijoux de ma nouvelle maîtresse, et,
comme elle se rendait presque tous les jours
chez Mesdames ses tantes, j'avais l'insigne
honneur de l'accompagner souvent.

Je passerai sous silence les fêtes qui eurent lieu à Paris à l'occasion du mariage du
Dauphin : j'étais restée tristement à Versailles, enfermée dans mon étui; mais je
comptais bien être dédommagée plus tard
en entendant raconter par les uns et par
les autres les splendeurs du feu d'artifice et
l'éclat féerique des illuminations de la capitale.

Hélas! quand la cour revint de Paris, il
ne pouvait plus être question de réjouis-
sances; on ne s'entretenait plus que du fatal
événement de la place Louis XV.

La Dauphine, partie le matin radieuse et
le sourire aux lèvres, revenait le soir le visage consterné, les yeux baignés de larmes.

J'appris le lendemain seulement, par
quelques mots qui lui échappèrent, qu'une
panique s'était produite sur la place à la

suite du feu d'artifice, et qu'un grand nombre de personnes avaient été écrasées ou étouffées par la foule.

La Dauphine en conçut une profonde douleur, et ne pouvait se consoler de la perte de tant d'innocentes victimes.

« Je suis née sous une mauvaise étoile, » disait-elle en faisant allusion à la date de sa naissance, le 2 novembre 1755, jour du tremblement de terre de Lisbonne. « C'est moi qui ai porté malheur à ces braves gens. »

Aussi, afin de soulager les familles qui avaient perdu leurs parents dans cette journée désastreuse, les jeunes époux s'entendirent pour leur faire passer des secours, et ils consacrèrent à cette bonne œuvre une année entière de leurs revenus.

V

Quelques jours après les fêtes du mariage, le Dauphin, voulant apporter un peu de distraction au chagrin que sa femme ressentait encore, lui proposa de l'accompagner à Fontainebleau pour suivre la chasse du roi.

Ma maîtresse devait ce jour-là passer la matinée chez ses tantes, et elle me portait à son cou, suspendue à un imperceptible jaseron.

Le désir exprimé par le Dauphin vint modifier l'emploi de son temps : elle ajourna la visite qu'elle se proposait de faire à Mesdames, et partit pour Fontainebleau, sans penser à me remettre à ma place ordinaire.

Je fus donc de ce voyage, pendant lequel il se passa un fait presque ignoré aujourd'hui, mais qui, à l'époque dont je parle, eut un certain retentissement.

Il montra une fois de plus combien le cœur de Marie-Antoinette était susceptible d'éprouver une tendre commisération pour toutes les infortunes.

Sur les confins de la forêt de Fontainebleau, tout près du village d'Achères, un cerf aux abois sortit tout à coup d'un taillis ; au lieu de faire tête aux chiens qui le serraient de près, l'animal affolé se précipita sur un paysan venu pour voir la chasse, et il le frappa d'un coup de sa redoutable ramure,

Ce brave homme était accompagné de sa famille. Il tomba baigné dans son sang, et sa femme perdit connaissance.

A ce moment arrivait la calèche de la Dauphine.

Se précipiter hors de la voiture, courir au pauvre paysan blessé, et lui faire respirer son flacon, fut le premier mouvement de ma maîtresse; et cela au grand scandale de Mme la duchesse de Noailles, qui invoquait inutilement l'étiquette, et prétendait empêcher la princesse de se commettre avec des paysans.

Je dois le consigner ici, la dame d'honneur de la Dauphine la prêchait presque toujours en vain. Marie-Antoinette se laissait toujours entraîner à des élans de bonté compatissants, qui n'étaient arrêtés ni par le rang, ni par les usages qu'il établit. Aussi Mme la duchesse de Noailles eut-elle lieu de se scandaliser bien des fois, sans parvenir à modifier complètement les manières d'agir de celle qu'elle avait mission d'initier aux lois souvent tyranniques d'une royale étiquette.

Ce jour-là, ses représentations furent absolument inutiles : non seulement la Dauphine, qui ne semblait pas l'entendre, s'employa à ranimer la femme du blessé; mais, quand cette dernière fut revenue à la vie, elle prit dans ses bras sa petite fille, et se mit à l'embrasser sur ses deux bonnes grosses joues.

L'enfant ouvrait de grands yeux pour mieux voir la belle dame qui la caressait ainsi, quand, apercevant un objet brillant suspendu à son cou, elle le saisit dans ses petites mains et le tira à elle de toutes ses forces.

« Veux-tu bien lâcher ma clef! » disait en riant la Dauphine, pendant que Mme de Noailles gémissait et se lamentait d'une pareille familiarité.

Mais la petite fille tenait bon, et elle aurait fini par s'emparer de moi, sans le secours du Dauphin, qui survint fort à propos pour lui faire lâcher prise en lui présentant une pièce d'or.

L'enfant comprit sans doute qu'elle ne perdrait pas au change : car un instant plus tard elle ne pensait plus à moi.

VI

S'il me fallait relater ici tous les faits de sensibilité et de bienveillance qui sont à la louange de ma chère maîtresse, un volume suffirait à peine; mais je me contente de mettre en lumière les incidents dans lesquels j'ai été appelée à jouer un rôle quelconque, dont j'ai été témoin, ou que j'ai entendu raconter.

Un jour, par exemple, que la Dauphine se rendait seule chez ses tantes, elle rencontra, dans le long corridor qu'elle avait à parcourir et dont je lui favorisais l'accès, un homme de peine déjà d'un certain âge, qui s'empressa, pour nous livrer passage, de déranger une lourde échelle dont il venait de se servir; cette échelle, mal assujettie, fit la bascule, et vint tomber de tout son poids sur le bras du vieux serviteur en lui faisant une profonde entaille.

Au lieu de se trouver mal ou de s'éloigner à la vue de ce triste spectacle, comme probablement eût fait une de ses femmes, ma maîtresse s'empressa d'aider le pauvre homme à retirer sa veste; elle releva avec précaution la manche de sa chemise, étancha le sang qui coulait de la blessure, et déchira son propre mouchoir pour en faire une compresse.

Le vieillard attendri versait des larmes de reconnaissance, et baisait les mains de l'auguste princesse qui remplissait pieuse-

ment près de lui les fonctions d'une sœur
de Charité.

Pendant les premières années de son mariage, Marie-Antoinette mena à Versailles
une existence assez monotone.

La messe en musique entendue chaque
jour dans la chapelle du château, la présence en grande cérémonie au débotter du
roi, les visites de plus en plus rares à Mesdames de France, et quelques promenades
en voiture : voilà les seules distractions que
la cour de Louis XV devenu vieux offrait à
une jeune princesse.

VII

M. le comte de Provence épousa en 1771
la princesse de Savoie, et, deux ans plus
tard, le comte d'Artois s'unissait à la belle-
sœur de son frère.

En arrivant à la cour de Versailles, l'archiduchesse n'avait trouvé pour société que
les tantes de son mari et ses dames d'honneur, personnages très respectables à tous

égards, mais dont l'âge n'était nullement en rapport avec le sien.

Quant à Mesdames Clotilde et Élisabeth, ses belles-sœurs, toutes deux encore entre les mains de Mme de Marsan, gouvernante des enfants de France, elles ne pouvaient dès lors lui être d'aucune ressource.

Elle se trouva donc réduite à partager les jeux des plus jeunes de ses dames, et parfois même des femmes de son service.

Le jeu du furet était alors fort à la mode; et, comme il nécessitait l'emploi d'une clef, c'était moi qui d'ordinaire faisais les frais de la soirée.

Mais ma maîtresse dut bientôt renoncer à ces innocentes distractions, qu'on tournait en ridicule et dont la méchanceté de ses ennemis lui fit plus tard un crime.

Les mariages successifs du comte de Provence et du comte d'Artois, ses beaux-frères, vinrent lui créer fort à propos une société agréable, et dont elle put jouir pendant longtemps, sans s'exposer à la critique malveillante de ceux qui épiaient toutes ses actions.

VIII

A partir du moment où les trois jeunes princesses se trouvèrent réunies, la plus grande intimité s'établit entre elles, et les trois ménages n'en firent bientôt plus qu'un.

Ils prirent ensemble leurs repas, et ne mangèrent séparément que les jours où leurs dîners étaient publics.

Ce ne fut pas tout : pour se dédommager de l'ennui qu'ils éprouvaient à assister chaque soir au jeu qui se tenait chez madame la Dauphine, et cela pour ne pas mécontenter le vieux roi, qui ne manquait jamais de s'y rendre, les princes conçurent le projet de jouer entre eux les meilleures pièces de la Comédie française, et c'est à cette heureuse idée que je dus l'avantage de passer tant de bons moments.

On saura tout à l'heure à quel propos cette faveur m'échut en partage.

Les princes décidèrent en conseil qu'il était de la plus grande importance de tenir la chose aussi secrète que s'il s'agissait d'une affaire d'État: car on craignait que Louis XV ne blâmât ces amusements, et de plus on redoutait la censure de Mesdames.

En conséquence, et à ma grande satisfaction, après avoir pesé longtemps le pour et le contre, on choisit, pour installer le théâtre, une grande pièce inoccupée, située au fond de ce même corridor dont je gardais les approches, et je me trouvai mêlée de la sorte à la joyeuse troupe de ces comédiens improvisés.

Dès le début on s'était heurté à un obstacle imprévu.

La troupe n'était pas assez nombreuse pour monter certaines pièces auxquelles on tenait tout particulièrement.

En effet, cette troupe ne se composait que de cinq personnes.

Le Dauphin avait déclaré tout d'abord qu'il se sentait incapable de monter sur les planches, mais qu'il se chargerait volontiers de représenter à lui seul le public.

L'obligation où ils se trouvaient de mettre des étrangers dans leur confidence faillit faire renoncer les jeunes princes au plaisir qu'ils s'étaient promis; mais, après avoir passé en revue leur entourage, ils jugèrent qu'ils pouvaient sans danger se confier à deux personnes dont la discrétion leur était assurée : MM. Campan père et fils.

Mme Campan était à cette époque lectrice de Madame Victoire, et son beau-père, ainsi que son mari, faisait partie de la maison de la Dauphine.

La troupe une fois complétée, on s'empressa de se distribuer les rôles. Bientôt l'on fut en mesure de commencer les répétitions, auxquelles on se rendait en cachette et toujours isolément.

Qu'on juge, d'après ces allées et venues tant de fois répétées, et pour lesquelles mon concours était indispensable, de l'importance que je ne pouvais pas manquer d'acquérir !

Un mot maintenant sur ces artistes de qualité, dont j'ai eu si souvent l'occasion d'apprécier les diverses aptitudes, et qui croyaient jouer devant un seul et unique spectateur.

M. le comte de Provence avait une excellente mémoire, aussi savait-il toujours ses rôles sur le bout du doigt. Il n'en était pas de même de M. le comte d'Artois, qui très souvent restait court ; mais heureusement ce défaut de mémoire n'était chez lui qu'intermittent, et après quelques secondes

d'arrêt il continuait la phrase interrom-
pue.

Ah ! si j'avais osé lui servir de souffleur !
Mais je me gardais bien de trahir ma présence, de peur d'être expulsée, d'être trai-
tée de curieuse et d'indiscrète.

Si les princesses de Savoie laissaient
beaucoup à désirer dans leur jeu, la Dauphine, au contraire, s'acquittait de tous ses
rôles avec finesse et sentiment ; aussi je
remarquais avec joie que son royal époux
semblait éprouver le plus grand plaisir à
l'entendre.

Quant à MM. Campan père et fils, ils
jouaient par complaisance : je n'ai donc rien
à en dire.

Ces innocentes distractions durèrent une
saison entière ; mais elles furent brusquement interrompues par un singulier événement qui faillit dévoiler le mystère dont on
s'entourait avec tant de soin.

Un jour, ma maîtresse, sur le point d'entrer en scène, s'aperçut qu'elle avait laissé
chez elle son éventail.

Cet accessoire lui était cependant indispensable dans son rôle de grande coquette.

M. Campan père, dans son empressement
à se mettre aux ordres de la Dauphine, ou-

blia qu'il avait son rouge et qu'il portait le costume de Crispin.

Ma maîtresse lui avait dit : « Monsieur Campan, prenez ma clef et courez vite. »

Et il s'était élancé dans le corridor ; mais à peine en avait-il ouvert la porte, qu'il se trouva face à face avec un valet de la garde-robe qui juste à ce moment traversait la cour.

Cette brusque apparition terrifia le pauvre homme. Or, comme la peur grossit les objets, il crut voir le diable en personne, tenant à la main la clef de l'enfer, et il tomba la face contre terre en appelant au secours.

M. Campan eut toutes les peines du monde à se faire reconnaître et à rassurer le poltron, auquel il donna sa bourse, en lui recommandant le plus profond silence.

Ma maîtresse, informée de ce qui venait de se passer, jugea prudent de suspendre les représentations, et elles ne furent pas reprises à Versailles.

Ce qui avait séduit Marie-Antoinette dans cette idée de jouer la comédie, idée suggérée par ses beaux-frères, c'était surtout l'avantage qu'elle devait retirer d'un exercice qui, tout en formant sa mémoire, la familiarisait avec la langue française, qu'elle tenait à connaître à fond.

IX

La disgrâce du duc de Choiseul, qui arriva vers le mois de novembre 1770, put à
juste titre être considérée comme le premier échec porté à la popularité de la Dauphine.

Jusqu'à cette époque, j'avais pu constater, grâce aux propos que ses fem.ies
échangeaient chaque jour devant moi, que
ma maîtresse était toujours l'idole de tous
les Français, et en particulier des habitants
de Paris, qui se rendaient en foule à Versailles, attirés par le seul désir de la con-
templer.

N'ayant jamais fait de mal à personne,
l'innocente princesse ne se soupçonnait pas
d'ennemis ; et pourtant, parmi les habitués
de l'Œil-de-Bœuf les plus assidus à brûler
de l'encens devant la future reine de France,
bon nombre s'étaient dès lors jetés dans le
parti qui dominait à la cour depuis l'exil
du premier ministre : parti déjà puissant,

qui, n'ayant jamais approuvé l'union de la maison de Bourbon avec celle de Vienne, enveloppait la fille de Marie-Thérèse dans la haine qu'il portait à l'Autriche.

Mme la duchesse de Noailles, à qui ses fonctions près de la Dauphine donnaient accès dans ses appartements, s'entretenait souvent avec l'abbé Vermond des intrigues qui se nouaient journellement autour de celle qu'on n'osait pas encore attaquer en face.

J'ai déjà dit plus haut que dès son arrivée en France l'archiduchesse avait su s'attirer les bonnes grâces de Louis XV.

La tendresse que le vieux monarque avait conçue pour la jeune princesse, qui avait eu le talent de le captiver, ne se démentit jamais, et le crédit dont elle jouissait près de lui allait même jusqu'à balancer celui de la favorite.

Plusieurs exemples pourraient en donner la preuve, mais je laisse aux historiens le soin de les recueillir ; je n'en relèverai qu'un seul, dont j'ai été témoin, et que Mme Campan raconte ainsi dans ses mémoires :

« Une des femmes de la Dauphine avait un fils, officier dans les gendarmes de la garde ; ce jeune homme se crut offensé par un commis de la guerre ; un cartel en forme fut imprudemment envoyé, et il tua son adversaire dans la forêt de Compiègne. La famille du jeune homme, munie du cartel accusateur, demanda justice ; le roi, affligé de plusieurs duels qui venaient d'avoir lieu, avait malheureusement déclaré qu'il n'accorderait point de grâce au premier événement de ce genre dont on pourrait donner la preuve.

« En effet, le coupable fut arrêté et condamné à mort.

« Sa pauvre mère, dans le plus grand désordre de la douleur, courut se jeter aux pieds de la Dauphine. »

A ce moment, ma maîtresse se rendait chez Mesdames ses tantes ; et, comme elle comptait prendre par le corridor particulier, elle me tenait à la main, nouée par précaution dans un coin de son mouchoir.

En présence du violent désespoir de la malheureuse mère, Marie-Antoinette se sentit profondément émue, et elle s'empressa de la relever.

« Du courage ! lui dit-elle, je vais parler au roi. »

Puis, s'apercevant que, pendant un spasme

nerveux, l'infortunée, qui cherchait à la retenir, s'était emparée de son mouchoir, elle
ajouta :

« En m'attendant, gardez ce mouchoir :
puisse-t-il vous servir tout à l'heure à essuyer
vos larmes ! »

La Dauphine savait que Louis XV venait
de refuser à Mme du Barry la grâce qu'elle
allait implorer à son tour ; mais elle se sentait le courage d'affronter les mêmes refus,
et elle ne désespérait pas de triompher.

En effet, après une heure d'instantes
prières, d'insidieuses flatteries, d'irrésis-
tibles caresses, Marie-Antoinette parvenait
à fléchir la colère de celui qui avait juré de
punir, et qui, à compter de ce moment, se
plut à l'appeler devant toute sa cour l'Ange
de la miséricorde.

X

A partir de la mort de Louis XV, qui
périt d'une maladie contagieuse au commencement du mois de mai 1774, je restai
pendant longtemps dans un oubli complet.

Les visites quotidiennes que ma maîtresse
faisait à ses tantes, quand elle n'était encore
que Dauphine, avaient entièrement cessé,
et dès lors mes services lui étaient inutiles;
d'ailleurs, au commencement comme pendant toute la durée de son deuil, elle habita
rarement le palais de Versailles, résidant
alternativement, soit à la Muette, soit à
Marly, soit à Compiègne.

Ce fut pendant un de ces voyages qu'une
femme de service, ennuyée de me voir traî-
ner sur la toilette de la reine, jugea à propos, par esprit d'ordre sans doute, de me
réintégrer dans mon étui, qu'elle serra dans
un tiroir.

De l'endroit où j'avais été placée, je n'en-
tendais pas très distinctement ce qui se
disait autour de moi; cependant, à force
d'écouter, je parvenais à saisir des lam-
beaux de phrases, et en les méditant, en
les commentant à loisir, j'arrivais le plus
souvent à en compléter le sens.

C'est ainsi que, malgré la séquestration à
laquelle j'étais condamnée, je fus mise au
courant des principaux événements qui
inaugurèrent le nouveau règne.

J'appris d'abord que ceux qui venaient
d'hériter de la couronne de France trou-

vaient bien lourde la tâche qui leur incombait.

Pour moi, il n'y avait pas à en douter. Marie-Antoinette, dont la voix m'était bien connue, s'était écriée au moment où le roi Louis XV avait cessé de vivre :

« Mon Dieu! gardez-nous! protégez-nous! nous régnons trop jeunes... »

Je sus aussi que les grâces et la bonté de la jeune reine excitaient partout l'enthousiasme.

Les dames d'honneur ne cessaient de lui répéter sur tous les tons qu'en montant sur le trône de France elle avait assuré le bonheur de ses sujets, et que leur reconnaissance lui était acquise à tout jamais.

Hélas ! comme elles connaissaient peu l'esprit versatile de la nation française !

XI

Un jour, j'entendis un tapage affreux dans l'appartement de la reine: c'étaient des cris, des trépignements à effondrer le plancher.

D'où pouvait donc venir un pareil vacarme ?

Aucun des mots qui m'arrivaient à travers les parois capitonnées de ma prison ne pouvait me mettre sur la voie, et mon inquiétude était grande.

Le lendemain seulement, grâce à la voix sonore de Mme Campan, qui racontait l'aventure à Mme de Polignac, je fus mise au courant de ce qui s'était passé.

La veille du jour où j'avais été si intriguée par le tapage dont je viens de parler, la reine traversait en calèche le hameau de Saint-Michel, quand un petit paysan de quatre à cinq ans à peine vint se jeter étourdiment entre les pieds des chevaux.

L'enfant avait de grands yeux bleus et une remarquable chevelure blonde.

Relevé sain et sauf de dessous la voiture, il allait être rendu à sa grand'mère accourue à son secours, quand la reine, remarquant la gentillesse du petit bonhomme, s'écria que cet enfant était à elle, que la Providence le lui avait envoyé pour la consoler jusqu'au moment où elle aurait le bonheur d'avoir un fils.

On comprend facilement que la pauvre villageoise, pour qui le bambin, orphelin de

père et de mère, était une lourde charge,
consentit sans peine à s'en séparer; et le
petit paysan, qui n'avait pas du tout l'air
de s'en soucier, prit place malgré lui dans
la calèche de sa protectrice.

On fut toutefois obligé d'abréger la promenade, car le rustre poussait des cris per-
çants et donnait des coups de sabot à la
reine et à ses dames.

Petit-Jacques, — c'était le nom de cet enfant, qu'on retrouvera plus tard sous le nom
d'Armand, — avait recommencé chez la
reine la scène violente qui avait eu lieu dans
la voiture.

XII

J'ai nommé dans le chapitre précédent
Mme de Polignac; j'aurai bientôt à parler
de Mme la princesse de Lamballe, qui se lia
intimement avec la reine à l'occasion des
parties de traîneau que Marie-Antoinette
mit à la mode pendant un hiver rigoureux,
mais auxquelles elle dut renoncer dès l'année suivante.

Une confidence qu'elle fit à sa nouvelle amie, un soir que j'étais aux écoutes, me fit connaître le motif qui l'engageait à se priver d'un plaisir qui lui rappelait son enfance.

« On blâme nos parties de traîneau; on va jusqu'à me reprocher ma prédilection pour les habitudes de Vienne : j'ai pourtant souvent donné la preuve que depuis mon mariage je suis devenue Française de cœur. »

Ce fut par Mme la duchesse de Noailles que ma maîtresse eut connaissance des propos malveillants tenus dans un certain monde sur ces innocentes excursions sur la glace.

La première dame d'honneur de Marie-Antoinette voyait avec jalousie la faveur naissante de celle qui allait devenir l'année suivante surintendante de la maison de la reine.

En effet, le jour où la duchesse de Noailles apprit la nomination de la princesse de Lamballe à ce poste de confiance et sa prochaine installation dans le palais de Versailles, elle s'empressa de résigner ses fonctions et se retira entièrement de la cour.

Ma maîtresse n'éprouva aucun chagrin de la retraite de sa dame d'honneur, qu'elle

avait, dès les premiers jours de son arrivée à Versailles, surnommée Mme l'Étiquette.

Pénétrée de l'importance de sa charge,
cette dame, qui avait mission d'initier l'archiduchesse aux usages de la cour de France,
abusait étrangement de l'espèce d'autorité
dont elle avait été investie ; et, par ses
observations multipliées et souvent intempes-
tives à l'endroit des habitudes contraires à
l'étiquette que la fille de Marie-Thérèse
avait contractées à la cour de Vienne, elle
en était arrivée à se rendre insupportable.

Je ne la laisserai pas quitter le palais de
Versailles sans retracer ici la scène bur-
lesque et tragi-comique dans laquelle je me
suis trouvée forcément en contact avec la
rigide dame d'honneur.

Elle assistait un matin à la toilette de la
Dauphine, quand on introduisit dans les
cabinets intérieurs un coiffeur en renom,
jouissant à Paris de la plus grande vogue.

A la vue de cet intrus, qui se permettait
de pénétrer dans les appartements, la première dame d'honneur voulut s'opposer à ce
qu'il approchât de la jeune princesse, sous
prétexte que le droit de toucher à ses cheveux n'appartenait qu'aux dames d'atours, et

qu'une semblable ingérence était contraire
à tous les usages.

Ma maîtresse, ce jour-là, tenait à être
bien coiffée : sans écouter la duchesse de
Noailles, qui lui répétait en vain que la
grandeur imposait certains devoirs sacrés,
et que les lois de l'étiquette ne pouvaient
pas impunément être violées, elle se mit
tranquillement entre les mains de l'artiste
parisien.

Cet acte d'autorité mit hors d'elle-même
Mme de Noailles ; une pareille infraction aux
règles établies lui causa une telle révolution,
qu'elle en devint cramoisie, et que tout à
coup le sang, qui lui était monté à la tête,
lui sortit en abondance par le nez.

Que devenir ?... Grand Dieu ! saigner du
nez en présence de Son Altesse ! quelle in-
convenance ! Interrompre son service, cela
lui paraissait impossible ; mais que faire ?
comment arrêter cette hémorragie malen-
contreuse ?

« Une clef ! » dit alors à voix basse une
des dames présentes ; et, joignant l'action à
la parole, elle me prit sur la cheminée et
me fourra lestement dans le dos de la duchesse.

Cependant la Dauphine venait d'achever

sa toilette, et, comme elle n'avait rien vu de ce qui s'était passé, elle cherchait depuis quelques instants cette clef dont elle allait se servir pour se rendre chez Mesdames ses tantes.

« Ce que cherche Votre Altesse n'est pas perdu, dit alors Mme de Cossé, qui avait toutes les peines du monde à comprimer son envie de rire; l'objet en question est présentement dans la chemise de Mme de Noailles. »

On peut juger de l'embarras, de la confusion de la pauvre dame d'honneur, qui venait d'enfreindre l'étiquette d'une façon si compromettante.

XIII

A l'époque où l'opinion publique, égarée par les pamphlets semés à profusion, commençait à se préoccuper des moindres actions de la reine, l'esprit d'indépendance s'était déjà répandu dans la nation ; le trône perdait chaque jour de son prestige, et de sourdes intrigues travaillaient sans cesse à l'ébranler.

Discréditer le pouvoir pour l'affaiblir et le renverser ensuite, tel était le but que s'efforçaient d'atteindre les partisans des nouvelles doctrines préconisées par les philosophes, doctrines subversives qui peu à peu gagnaient du terrain.

Si les chefs de ces menées ténébreuses respectaient encore le roi, c'est que la haute sagesse de Louis XVI ne donnait prise à aucune critique; mais, hélas! il n'en était pas de même pour la reine, dont la jeunesse et l'inexpérience offraient un côté faible.

XIV

Les années où la reine passa la belle saison sous les délicieux ombrages du petit Trianon furent assurément le plus heureux temps de son existence.

L'orage, il est vrai, grondait déjà dans le lointain; mais le ciel était pur au-dessus de sa tête, et elle savait jouir du présent sans se préoccuper de l'avenir.

Le château du petit Trianon avait été bâti pour Louis XV ; le roi Louis XVI en fit cadeau à sa femme.

« Vous aimez les fleurs, lui dit-il à cette occasion : ici vous pourrez en cultiver à votre aise. »

Ma maîtresse, dès les premiers jours, prit goût à cette charmante retraite, et elle en fit sa résidence ordinaire.

Malgré les goûts de dépense qu'on lui a tant de fois et si injustement reprochés, Marie-Antoinette ne permit aucune augmentation dans les bâtiments relativement exigus, ni aucun changement dans le mobilier, devenu assez mesquin; mais elle s'occupa d'embellir les jardins, dont une partie, par son ordre, fut plantée à l'anglaise.

Ce fut un peu plus tard qu'on y construisit un groupe de petites maisons rustiques, qui fut appelé le Hameau.

Un de mes meilleurs souvenirs se rattachant à ce village en miniature, on ne trouvera pas déplacé, je l'espère, que j'entre ici dans certains détails trop négligés, suivant moi, par les écrivains, qui n'ont parlé qu'incidemment du petit Trianon.

Le Hameau, tel qu'on peut le voir encore aujourd'hui, se composait dans le principe de neuf bâtiments, la plupart couverts en chaume :

La maison du seigneur, la maison du bailli et celle du garde champêtre, le moulin, la ferme, la laiterie, attenant à la tour de Marlborough, et enfin le boudoir, petit pavillon exclusivement réservé à la reine et où, en arrivant de Versailles, elle se rendait pour changer de costume.

Ce boudoir, que j'ai cité en dernier lieu, est appelé à jouer un certain rôle dans l'aventure que je vais avoir à raconter plus bas.

Le roi Louis XVI était tout naturellement le seigneur du Hameau; la reine en était la fermière, et le comte de Provence le meunier.

Le comte d'Artois remplissait les fonctions de garde champêtre, M. de Polignac celles de bailli, et enfin le cardinal Louis de Rohan, qui cherchait toutes les occasions de se rapprocher de la reine, avait tout mis en œuvre pour se faire nommer desservant de l'humble paroisse.

En outre, quelques dames d'honneur, secondées par des filles de service, remplissaient les fonctions subalternes.

Pendant que la royale fermière s'occupait

à traire ses vaches favorites, Brunette et Blanchette, Mme de Polignac, métamorphosée en bergère, faisait paître des moutons enrubannés, et Mme la princesse de Lamballe, adorable en fille de basse-cour, distribuait du grain aux poulets nouvellement éclos.

C'était, on doit en convenir, de veritables enfantillages; mais Marie-Antoinette, dont la bienfaisance était inépuisable, savait faire tourner ces innocents plaisirs au profit de la charité.

Douze chaumières, ajoutées plus tard aux fabriques du Hameau, donnèrent asile à autant de pauvres ménages, et elle se chargea de leur entretien.

XV

On le voit par ce qui précède, chacun s'empressait à faire la cour à la jeune reine, et la pastorale qui se jouait pendant l'été dans les bosquets du petit Trianon, ne manquait pas d'acteurs de bonne volonté.

Comme je l'ai déjà dit plus haut, le comte de Provence, depuis Louis XVIII, endossait sans façon la veste blanche de meunier, et M. le comte d'Artois, plus tard Charles X, portait avec crânerie l'uniforme et la plaque de garde champêtre.

Quant au roi, il se prêtait de la meilleure grâce du monde à toutes les fantaisies de sa femme et se laissait appeler le seigneur du village; mais parfois il riait sous cape en voyant M. de Polignac affublé de la longue robe noire du bailli, et l'orgueilleux prince de Rohan revêtu de la modeste soutane du curé de campagne.

Au commencement, ces divers personnages avaient paru assez embarrassés de leurs emplois, et ils se trouvaient quelque peu gênés dans leurs accoutrements de circonstance; mais petit à petit chacun d'eux était entré dans l'esprit de son rôle, et s'était familiarisé avec les nouveaux devoirs qu'il avait à remplir.

Ainsi, par exemple, c'était toujours avec une déférence jouée au naturel que le gros meunier du Hameau saluait jusqu'à terre M. le bailli chaque fois que ce fonctionnaire passait devant sa porte, de même qu'il abordait la fermière avec la familiarité que jus-

tifiait suffisamment leurs relations de voi-
sinage.

La ferme s'approvisionnait de farine au
moulin, le moulin achetait ses œufs à la
ferme, et ces transactions journalières s'ac-
complissaient chaque fois avec un sérieux
imperturbable.

Il arriva même un jour que le rigide
garde champêtre, M. le comte d'Artois,
ayant dressé procès-verbal à propos du dé-
gât causé par une poule qui était venue pi-
corer dans le champ du voisin, la fille de
basse-cour, Mme la princesse de Lamballe,
déclarée par le bailli, M. de Polignac,
coupable de négligence, fut condamnée à
vingt-cinq louis d'amende, et cela malgré
l'intervention officieuse du curé de la paroisse, monseigneur le cardinal Louis de
Rohan.

Renonçant à fléchir l'impartial magistrat,
le pasteur en référa au seigneur lui-même;
mais, vu la gravité du cas, ce dernier crut
devoir en cette circonstance se montrer
inexorable.

Il décida donc en dernier ressort que la
somme à laquelle se montait l'amende im-
posée à la délinquante serait distribuée aux
pauvres de la paroisse.

On le voit, c'étaient jeux de princes dont
les malheureux profitaient largement.

XVI

Ennemie du faste et de l'étiquette, ma
maîtresse oubliait dans son séjour favori les
ennuis de la grandeur et la gêne de la représentation. Reine à Versailles, elle devenait simple villageoise dans les jardins de
Trianon, où, loin des flatteurs et des courtisans, elle jouissait paisiblement de la société de ses amies intimes : avec elles au
moins elle ne craignait pas de se compromettre en allant *voir lever l'aurore*.

Il me serait impossible de raconter l'aventure que j'ai promise au lecteur si je ne
l'entretenais au préalable du théâtre que,
sur un simple désir exprimé par la reine,
Louis XVI fit construire dans le jardin à la
française, à peu de distance du pavillon
d'habitation.

Il avait voulu en ménager la surprise à
sa femme; mais, par une belle matinée
d'hiver, Marie-Antoinette, étant allée faire

une promenade dans les environs de Versailles, revint par le petit Trianon, où elle n'était pas attendue, et fut très étonnée de rencontrer chez elle un individu en train de mesurer le terrain et se disposant à y planter des jalons.

Ce personnage était l'architecte Migne, chargé tout récemment par le roi son maître de faire construire en cet endroit une salle de spectacle.

On était alors au commencement de 1779. Les travaux furent poussés avec tant de célérité, que ce théâtre put être inauguré au mois d'août de l'année suivante.

Cette cérémonie eut lieu en présence des princesses de Hesse-Darmstadt, à ce moment hôtesses de Marie-Antoinette.

Je me rappelle encore parfaitement aujourd'hui quelles furent les pièces d'ouverture.

On représenta d'abord *le Roi et le Fermier*. et ensuite *la Gageure imprévue*.

La reine jouait dans la première pièce le rôle de Jenny, et dans la seconde celui de la soubrette.

Les frères du roi et quelques dames de la cour s'étaient chargés des autres personnages.

Mais on ne s'en tint pas là. Les années suivantes, on monta plusieurs autres pièces en vogue à Paris : le *Devin du village*, le *Sorcier*, l'*Anglais à Bordeaux*, et le *Barbier de Séville*, dont, par parenthèse, le roi avait voulu prendre connaissance avant la représentation.

Le dernier ouvrage qui fut représenté sur le théâtre du petit Trianon fut *Rose et Colas*. C'est à propos de cette pièce que ma maîtresse conçut le désir d'assister avec son entourage à une noce villageoise.

XVII

On complimentait un soir Michel Sedaine, admis en qualité d'auteur dramatique dans le salon du petit Trianon, au sujet de sa nouvelle pièce de *Rose et Colas*, représentée la veille avec un grand succès sur un des théâtres de Paris.

« Vous réussissez on ne peut mieux dans le genre villageois, daigna lui dire la reine.

— Je n'y ai pas grand mérite, répondit

modestement Sedaine : je me contente de saisir la nature sur le fait, et le plus souvent mes modèles existent réellement... Rose et Colas, par exemple.

— Quoi, Rose?

— Rose habite le hameau du Trianon.

— Et Colas?

— Colas saurait-il vivre ailleurs qu'où *Rose respire?*

— Cependant j'ai beau chercher...

— Rose, à la laiterie, s'appelle Jeannette, et Colas, au moulin, répond au nom de Blaise.

— Mais, monsieur Sedaine, dans votre pièce il y a un mariage.

— C'est la seule chose que j'aie inventée : il fallait bien un dénouement à l'action.

— Si nous en faisions autant? s'écria alors Marie-Antoinette, si nous unissions la laitière au garçon de moulin?

— Bonne idée ! s'empressa d'ajouter la princesse de Lamballe.

— De cette façon, dit à son tour Mme de Polignac en battant joyeusement des mains, nous pourrons assister à une vraie noce de village : ce sera charmant.

— Que dites-vous de mon idée? demanda ma maîtresse au cardinal de Rohan.

— Je dis, répondit galamment le prélat, que Votre Majesté, toujours ingénieuse quand il s'agit d'une bonne action, vient de trouver le moyen de faire deux heureux de plus.

— Et vous, monsieur Sedaine ?

— Mon opinion est que Blaise et Jeannette feront un excellent ménage : observateur par état, j'ai assez étudié mes modèles pour pouvoir affirmer ce que j'avance.

— Puisqu'il en est ainsi, dès demain nous procéderons aux fiançailles, et dans un mois nous irons tous à la noce... et nous danserons sur l'herbe, si toutefois monsieur le curé veut bien nous le permettre. »

M⁀ de Rohan s'était incliné devant la reine en signe d'acquiescement.

Le comte d'Artois déclara qu'en qualité de garde champêtre il entendait ouvrir le bal avec la mariée, et le comte de Provence réclama pour le meunier l'honneur de leur faire vis-à-vis avec sa voisine la fermière.

Pendant le restant de la soirée il ne fut plus question que du futur mariage de Blaise et de Jeannette, et l'on arrêta, séance tenante, l'ordre et la marche de la cérémonie, qui devait avoir lieu dans les derniers jours du mois où l'on venait d'entrer :

c'était tout juste le temps nécessaire pour faire confectionner les toilettes de noce.

XVIII

Ce que femme veut, Dieu le veut; à plus forte raison, quand cette femme est la reine de France.

Tous les beaux projets formés la veille se réalisèrent le lendemain.

Blaise, garçon meunier au Hameau, était orphelin.

Jeannette, employée à la laiterie de la ferme, n'avait, comme lui, ni père ni mère; et la mère Bobi, sa tante, la seule parente de qui elle dépendait, donna de grand cœur son consentement au mariage.

Huit jours seulement avant l'époque fixée pour la signature du contrat, Blaise, parti le matin pour Paris, où il avait quelques emplettes à faire, ne rentra pas le soir au Hameau.

On l'attendit inutilement toute la nuit; ce fut seulement le lendemain qu'il reparut à Trianon.

Ce qu'il était devenu depuis la veille, il lui fut impossible de l'expliquer à la mère Bobi; tout ce qu'il pouvait se rappeler, c'est que, abordé sur le quai de la Ferraille par deux aimables sergents aux gardes-françaises, il était entré avec eux dans un cabaret, où il avait passé la soirée et une partie de la nuit.

En se réveillant à la pointe du jour il s'était trouvé seul et couché sur un banc du Cours-la-Reine.

Quand on apprit son aventure, il devint évident pour tout le monde que les deux militaires en question avaient profité de la simplicité du pauvre garçon pour se faire payer à boire, et bientôt on oublia l'incident.

Mais, trois jours plus tard, Blaise, le garçon meunier, le joyeux futur de la gentille laitière, devenu sans s'en douter soldat au Royal-Auvergne, recevait sa feuille de route, avec ordre du ministre de la guerre d'avoir à rejoindre immédiatement le régiment dans lequel il se trouvait incorporé.

Il avait été la victime de deux adroits racoleurs.

Le désespoir des jeunes fiancés ne pouvait manquer d'émouvoir la reine : aussi, d'après l'avis de ses beaux-frères, que le Hameau du petit Trianon, faisant partie d'une propriété particulière, pouvait à la rigueur être considéré comme lieu d'asile, il fut décidé en conseil que le garçon meunier, traîtreusement embauché, ne tiendrait aucun compte de l'injonction ministérielle qu'il venait de recevoir.

De plus, comme on redoutait les scrupules du roi, on convint que, jusqu'à nouvel ordre, on lui laisserait ignorer l'affaire.

Nos trois conspirateurs avaient compté sans la police.

Le jour suivant, Louis XVI apprenait à Versailles que le village dont il était le seigneur recélait un réfractaire, et il annonçait à la reine que le lendemain il serait procédé à une perquisition générale dans toutes les maisons du Hameau, et cela par mesure exceptionnelle.

Marie-Antoinette joua l'indifférence, et ne laissa pas paraître l'inquiétude où venait de la plonger cette nouvelle.

Restée seule, ma maîtresse réfléchit qu'elle avait devant elle quelques heures de répit, et chercha dans sa tête par quel moyen elle pourrait rendre inutiles les recherches qu'on se proposait de faire.

Ce moyen, elle ne fut pas longue à le
trouver ; mais pour l'employer utilement il
lui fallait un complice, et elle arrêta que ce
serait le roi lui-même qui lui en servirait à
son insu.

XIX

Dans ce Hameau du petit Trianon, qui
rappelait l'âge d'or, aucune porte ne fer-
mait à clef ; le boudoir même, où la reine se
rendait pour troquer son costume de grande
dame contre le corsage d'indienne et le ju-
pon court de la fermière, ne possédait pas
de serrure, et ma maîtresse en avait depuis
longtemps reconnu l'inconvénient.

Le Hameau n'était pas fréquenté seulement par les personnages de la cour.

Les jours où Marie-Antoinette ne devait
pas venir au petit Trianon, le régisseur du
domaine avait été autorisé à le laisser visiter par les curieux venus tout exprès de
Paris.

Or ma maîtresse avait pu constater à plusieurs reprises que certains objets à son usage avaient été dérangés.

Moi-même, nombre de fois remarquée par des connaisseurs, qui tenaient apparemment à m'examiner de près, j'avais dû passer de mains en mains, avant d'être remise à ma place, sur la cheminée du boudoir.

Quand, en quittant son mari, la reine vint ce jour-là pour changer de toilette, je devinai sans peine qu'elle était sous l'empire d'une vive contrariété; mais elle ne m'eut pas plus tôt aperçue, que son front plissé se dérida tout à coup et qu'un sourire de satisfaction vint errer sur ses lèvres.

Comment avais-je pu produire sur ma royale maîtresse un semblable effet? Je ne fus pas longtemps sans en avoir l'explication.

XX

Maintenant, par suite de quelles circonstances une clef inutile à Trianon et laissée, comme chaque année au printemps, dans l'appartement de la reine à Versailles, se trouvait-elle si à propos sous la main ?

Je veux, avant de continuer mon récit, justifier d'abord ma présence dans le boudoir de ma maîtresse, et par la même occasion faire apprécier une fois de plus l'exquise délicatesse et l'incomparable ingéniosité de Marie-Antoinette, quand il s'agissait d'une injustice à réparer ou d'une grâce à faire obtenir.

Le fait que je vais relater aurait dû trouver place beaucoup plus haut, mais il était entièrement sorti de ma mémoire.

En traversant chaque matin la grande galerie de Versailles pour se rendre à la chapelle, où elle assistait à la messe en compagnie du roi, Marie-Antoinette avait plusieurs fois remarqué, parmi les nombreux courtisans qui se trouvaient sur son passage, un personnage dont les allures lui paraissaient étranges.

Il portait un costume d'une simplicité telle, qu'il contrastait singulièrement avec les habits couverts de broderies des seigneurs de la cour.

Sa tournure était martiale, et son regard empreint d'une noble fierté.

Toujours au premier rang, comme s'il

avait voulu attirer l'attention, au lieu de s'incliner obséquieusement, comme les autres s'empressaient de le faire, il se contentait de saluer militairement.

La persistance de cet homme à fréquenter avec tant d'assiduité le palais de Versailles, où assurément il n'exerçait aucune fonction, intrigua ma maîtresse.

Elle fit prendre secrètement des informations sur son compte, et bientôt elle connut son histoire.

C'était un ancien capitaine, réformé sous le règne précédent, sans aucune fortune, ayant tous les droits possibles à une pension de retraite, et attendant depuis plusieurs années qu'il convînt au ministre de la guerre de s'occuper de lui.

Il se figurait, ce naïf soldat, qu'il suffisait d'offrir sa personne aux regards du chef de l'Etat pour qu'il devinât les services qu'il avait rendus au pays.

« Tôt ou tard, disait-il à ses amis, qui lui conseillaient de remettre un placet au roi, Sa Majesté remarquera ma présence et me fera rendre justice. »

Il est probable que sans ma maîtresse il eût encore attendu longtemps.

Informée que le vieux capitaine portait

toujours sur lui ses états de services, mais
que par excès de fierté il se refuserait toujours à en réclamer lui-même la juste récompense, la reine résolut de le forcer à se
dessaisir volontairement des papiers sans
lesquels elle ne pouvait rien pour lui.

Elle eut recours, pour en arriver là, au
subterfuge suivant.

En partant un matin pour entendre la
messe, elle ouvrit l'étui qui me contenait et
elle me passa dans sa ceinture.

Je fus toute surprise de cette faveur inat-
tendue, et je ne compris pas d'abord en quoi
ce jour-là je pouvais lui être utile : car, depuis la mort de leur père, Mesdames de
France avaient quitté Versailles pour aller
habiter le château de Bellevue, et on ne jouait
plus la comédie au fond du corridor mysté-
rieux qui conduisait à leur appartement.

Nous venions de quitter l'Œil-de-Bœuf, et
le cortège royal suivait à pas lents la grande
galerie des fêtes, à ce moment remplie de
monde, quand, en passant devant l'ancien
capitaine, que ma maîtresse avait cherché
du regard, elle ouvrit la main dans laquelle
elle me tenait serrée depuis quelques instants, et elle me laissa tomber, comme par
mégarde, aux pieds du vieux soldat.

« Votre clef, Madame! » s'écria-t-il en se
baissant pour me ramasser.

Et il me tendit à la reine, qui lui dit de
sa voix la plus douce, après l'avoir gracieusement remercié du geste :

« Mais, capitaine, n'avez-vous pas encore
autre chose à me remettre?

— Moi, Madame? répondit en balbutiant
le pauvre homme. Je ne sais ce que Votre
Majesté veut dire.

— Ces papiers que j'aperçois là... dans la
poche de votre habit... est-ce que vous ne
consentiriez pas à me les confier pendant
une heure? »

Et comme le vieux brave paraissait hé-
siter, et ne se dessaisir qu'à regret du mémoire qui établissait ses états de services
et tous ses droits à cette pension qu'il aurait
rougi de solliciter, ma maîtresse ajouta en
souriant :

« Soyez tranquille : foi de reine de France!
j'en ferai bon usage. »

On devine facilement le reste : le soir
même, l'ordre était transmis au ministre de
la guerre d'avoir à terminer sans autres
retards une affaire depuis trop longtemps
en souffrance.

En partant pour Trianon, ma maîtresse

oublia de me remettre à ma place ordinaire, et je ne retournai pas à Versailles.

XXI

Revenons maintenant à l'aventure du garçon meunier réfractaire, aventure dans laquelle je vais avoir à remplir un rôle bien autrement important.

Le jour où, suivant l'avis que le roi en avait donné à ma maîtresse, on allait procéder à des perquisitions dans le Hameau, on devait jouer pour la première fois la pièce de *Rose et Colas*.

Or Marie-Antoinette, sachant que son mari ne manquait jamais aucune des répétitions, avait calculé, comme je l'ai déjà dit, qu'elle avait le temps nécessaire, vingt-quatre heures environ, pour mener à bonne fin le projet qu'elle venait de concevoir.

Quand, le soir, le roi monta dans les coulisses pour complimenter sa femme sur le délicieux costume de paysanne qu'elle avait à porter dans la pièce, et qu'elle venait de revêtir pour la répétition générale, ma maîtresse le prit à part.

« Louis, lui dit-elle de l'air le plus simple,
je vais mettre votre complaisance à l'épreuve. »

Et, comme le roi semblait l'interroger des
yeux :

« Vous connaissez sans doute cette petite
clef?

— Parfaitement.

— Vous affirmer que j'y tiens beaucoup
à cause de l'habile ouvrier qui l'a forgée,
ce serait vous donner trop d'amour-propre :
j'aime mieux vous avouer que si j'y tiens
tant, c'est qu'elle est mignonne, légère et
peu embarrassante.

— Mais, Marie, où voulez-vous en venir?

— Vous m'avez dit ce matin que des gens
de justice viendraient demain ou après, je
crois, fouiller notre Hameau.

— En effet, je vous l'ai dit.

— Eh bien! il me serait désagréable
qu'on se permît de pénétrer dans le pavillon
qui m'est réservé... Je désire donc que vous
fassiez poser dès demain, à la porte de mon
boudoir, la serrure qui se trouve à Versailles. »

Le roi donnait chaque jour à la reine les preuves d'une vive affection.

Ce fut donc avec empressement qu'il me prit des mains de ma maîtresse, en l'assurant qu'il s'estimait heureux de pouvoir, en cette circonstance, lui être agréable.

Dès le lendemain, le serrurier Gamain, mandé de bonne heure par le roi, recevait l'ordre de démonter la serrure en question et de l'apporter dans son cabinet.

XXII

Il était dix heures du soir. On venait de commencer le second acte de la pièce de Sedaine ; et cependant Louis XVI, qui s'était bien promis d'assister au spectacle, n'était pas encore arrivé.

Du reste, on s'inquiétait peu de son absence : il n'était pas toujours exact, et on le supposait retenu à Versailles par des affaires urgentes, ou en conférence avec ses ministres.

On se trompait étrangement. Pendant que Rose, représentée par la reine, tenait sous le charme la brillante société réunie au petit Trianon, le roi, arrivé incognito, s'était rendu tout seul au Hameau, où il s'occupait fort tranquillement à poser, à la porte du boudoir de sa femme, la serrure déplacée le matin par Gamain.

Son travail une fois terminé, il ferma la porte à double tour, mit dans sa poche la clef que la reine lui avait confiée la veille, et s'achemina vers le jardin français, où se trouvait le théâtre.

Quand il entra dans la salle, le rideau se levait pour la seconde pièce, *la Gageure imprévue.*

Le rôle de la soubrette, que ma maîtresse remplissait dans cet ouvrage, était un de ses triomphes : elle y était ordinairement couverte d'applaudissements.

Ce fut donc un étonnement général quand, au bruit des bravos qu'on lui prodiguait à l'envi, vint tout à coup se mêler un bruit aigu et discordant.

Un spectateur, plus difficile apparemment que les autres, avait exprimé son opinion personnelle de cette façon peu flatteuse.

Ce spectateur n'était autre que le roi. Il s'était même permis de dire à ceux qui le regardaient avec surprise :

« Allons, il faut convenir que c'est royalement mauvais! »

Marie-Antoinette était bonne personne : elle ne se fâcha pas du propos. Mais le coup de sifflet lui avait été sensible : aussi le reprocha-t-elle à Louis XVI, qui se contenta de lui dire en me remettant entre ses mains :

« Voilà un objet qui me vaudra, j'espère, mon pardon.

— Quand il aura servi à ma vengeance, » murmura tout bas ma maîtresse.

XXIII

Le lendemain, dans la matinée, en l'absence de la reine, qui avait annoncé qu'elle irait passer la journée à Bellevue, chez Mesdames ses tantes, le lieutenant de police, accompagné d'une escouade d'agents, se présentait à la grille du petit Trianon.

Elle lui fut ouverte sans difficulté, et il se dirigea avec ses hommes vers le Hameau, retraite présumée du garçon meunier réfractaire.

Mais ils eurent beau fouiller toutes les maisons, fureter dans les coins et recoins, ils ne parvinrent pas à découvrir celui qu'ils étaient chargés d'appréhender au corps.

Certains cependant que le coupable n'avait pas pu s'échapper, puisque, depuis deux jours, on faisait bonne garde autour du domaine, ils se disposaient à recommencer les recherches, quand leur chef leur intima l'ordre de cesser les perquisitions, désormais inutiles.

Le lieutenant de police s'était réservé le soin de visiter le boudoir de la reine. Ayant trouvé porte close, cette précaution inusitée lui avait donné l'éveil, et il faisait sans bruit le tour du pavillon, quand un rideau imprudemment écarté vint confirmer ses soupçons.

Le réfractaire était là, et la reine ne pouvait pas manquer de le savoir.

« C'est bien, se dit-il en reprenant la route de Versailles, j'en référerai à qui de droit. »

J'avais toujours vu le roi aborder ma maîtresse le sourire aux lèvres. Quand il entra chez la reine, le jour suivant, je devinai, à son air froid et sévère, qu'il allait y avoir entre eux une explication orageuse, et je me pris à redouter pour ma maîtresse ce que les courtisans, parfois exposés aux brusqueries du monarque, appelaient entre eux les coups de boutoir du roi.

Je ne me trompais pas, car ce fut ainsi qu'il entama la conversation :

« Convenez, Madame (ordinairement il disait Marie), que vous avez commis une grave inconséquence !

— Moi ! dit la reine d'un air étonné; et en quoi, s'il vous plaît, Monsieur (ordinairement elle disait Louis)?

— En prenant sous votre protection, et au mépris des lois du royaume, un criminel.

— Oh ! Sire, un criminel ! Ce mot est bien fort.

— Quel nom faut-il donner au soldat qui déserte son drapeau?

— Permettez, Louis : le garçon auquel vous faites allusion, n'ayant pas encore rejoint le régiment dont il fait partie, ne peut pas être considéré comme un déserteur.

— Comme un réfractaire..., je le veux bien.

— Ce n'est pas du tout la même chose. Blaise est coupable de désobéissance à la loi, j'en conviens; mais sur qui doit retomber la responsabilité de sa faute? Uniquement, ce me semble, sur ceux qui l'ont

empêché de partir, qui l'ont retenu de force,
qui l'ont mis sous clef, enfin ; et ceux-là...
vous les connaissez, Sire.

— Vous d'abord.

— Et Votre Majesté ensuite.

— Comment? que prétendez-vous dire?

— Que si le roi a sa police, de mon côté
j'ai aussi la mienne, et voici le rapport de
la nuit dernière. »

Ma maîtresse prit un papier posé sur la
cheminée, le déplia lentement, et le présenta à son mari, qui le parcourut des
yeux.

Voici ce que contenait ce rapport :

« Hier, vers les neuf heures du soir, un
individu qui semblait craindre d'être remarqué pénétra dans les jardins du petit
Trianon ; arrivé au Hameau, il s'approcha
du boudoir de la reine, et, après s'être assuré qu'il n'avait pas été suivi, en ouvrit
doucement la porte.

« Nous allions nous élancer et courir sus
au voleur, quand celui que nous prenions
pour un malfaiteur sortit un petit sac de
dessous ses vêtements, en tira des outils de
serrurier, et se mit en devoir de poser une
serrure à la porte dudit boudoir.

« Alors nous l'avons laissé achever tranquillement sa besogne, et nous nous sommes contentés de le suivre de loin quand il s'est retiré; mais ce n'est pas sans étonnement que nous l'avons vu diriger ses pas du côté de la salle de spectacle, dans laquelle il est entré sans façon, et comme s'il était au nombre des invités. »

« Convenez, Louis, dit ma maîtresse quand le roi eut achevé de lire, qu'il serait plus sage d'étouffer cette fâcheuse affaire que d'y donner un retentissement dont nos ennemis ne manqueront pas de profiter.

« Le coupable a pour complice un personnage qui ne saurait être mis en cause, et que néanmoins les apparences condamneraient.

« Il a fabriqué la clef, posé lui-même la serrure à la porte du pavillon dans lequel le futur époux de Jeannette a trouvé asile; et à quel moment? La veille du jour où il savait, mieux que personne, que les perquisitions auraient lieu.

« A qui donc ferait-il croire qu'en cette circonstance il agissait uniquement pour satisfaire un caprice de sa femme?

« Croyez-moi, Sire, fermez les yeux, ou plutôt laissez supposer qu'en m'aidant à soustraire le pauvre Blaise aux recherches

de la police, vous avez voulu donner à entendre que le moyen employé pour l'em-
baucher ne saurait, dans aucun cas, avoir
votre approbation.

« Blaise n'est pas devenu soldat de bonne
volonté ; et la preuve, c'est qu'il était sur le
point de contracter un mariage : il a été
indignement trompé par des racoleurs, dont
les coupables manœuvres, permettez-moi
de le dire à Votre Majesté, ne sauraient
être tolérées plus longtemps dans un pays
comme le nôtre. »

Le résultat de cette discussion ne se fit
pas attendre.

En quittant la reine, Louis XVI rassem-
bla son conseil, et, séance tenante, le ministre de la guerre présentait à la signature du roi une ordonnance concernant le
racolage.

Ce mode de recrutement, dont on abusait
si souvent, était interdit à l'avenir dans
toute l'étendue du royaume.

Et de plus, par distraction peut-être,
Louis XVI antidatait de huit jours la susdite
ordonnance, de sorte que le récent engage-
ment du protégé de la reine se trouvait
par le fait annulé de plein droit, et que ma
maîtresse put, dès la semaine suivante,

contenter l'envie qu'elle éprouvait d'assister à une véritable noce de village.

XXIV

Si, chaque année, pendant la belle saison, et grâce au séjour de Marie-Antoinette dans sa résidence favorite, j'étais mise au courant des affaires du jour, combien je maudissais les tristes journées d'hiver, ma solitude, et par suite l'impossibilité où je me trouvais de suivre la marche des événements ! car, j'ai oublié de le dire, quand, à la fin de l'automne, ma maîtresse quittait le petit Trianon pour retourner à Versailles, je ne l'accompagnais jamais.

C'était donc presque toujours quand ils étaient accomplis depuis longtemps qu'ils arrivaient à ma connaissance ; et encore, pour qu'il en fût question devant moi, il fallait que ces faits fussent d'une certaine importance : car à la cour on oublie vite, et dans l'entourage de la reine on ne s'entretenait guère au printemps de ce qui s'était passé dans le courant de l'hiver.

J'en apprenais cependant assez pour comprendre que depuis plusieurs années la
royauté glissait sur une pente insensible,
qui la conduisait fatalement à l'abîme où
elle devait un jour être engloutie.

Marie-Antoinette, déjà mère d'une charmante petite fille, avait vu combler le plus
cher de ses vœux : après une longue attente,
elle avait enfin donné un héritier au trône ;
et cependant je devinais qu'elle n'était pas
heureuse.

Autrefois confiante dans l'avenir, qui lui
apparaissait *couleur de rose,* ma maîtresse
était devenue peu à peu sérieuse et réflé-
chie, et on pouvait lire, à cette époque,
sur son visage ordinairement souriant une
vague, mais incessante préoccupation.

C'est que l'heureux temps où elle jouissait sans arrière-pensée des plaisirs que
chaque printemps faisait renaître, s'était,
hélas ! rapidement écoulé.

A partir de la déplorable affaire dite du
collier de la reine, le Hameau fut presque
entièrement délaissé, et ma maîtresse, à
mon grand regret, n'y faisait plus que de
rares apparitions.

Jusqu'alors elle s'était tenue éloignée des
affaires ; mais, en voyant Louis XVI entrer

dans la voie des concessions, elle redouta la faiblesse de son caractère, et résolut d'user de son influence pour le forcer, s'il était possible, à ne pas laisser amoindrir davantage ses prérogatives royales.

Dès ce moment elle dit adieu aux paisibles ombrages du petit Trianon comme aux brillantes fêtes du palais de Versailles. Privée des conseils de sa mère, morte en 1780, elle sentit que, pour bien remplir son nouveau rôle, elle avait besoin d'un point d'appui. Elle jeta les yeux autour d'elle; mais, n'osant pas se fier aux ambitieux qui lui offraient leurs services intéressés, elle entra en correspondance avec son frère Joseph II.

Ce fut à cette occasion qu'elle eut encore à réclamer mes services.

XXV

Il y avait plusieurs mois que les appartements du petit Trianon étaient hermétiquement fermés, quand un matin le roulement d'une voiture qui entrait dans la cour attira mon attention.

J'entendis ouvrir des portes, monter les escaliers, et bientôt une personne, dont les pas légers effleuraient à peine le parquet, traversa l'antichambre pour arriver au cabinet où je me trouvais. J'avais deviné la présence de ma royale maîtresse, et ma joie de la revoir fut d'autant plus vive, qu'elle me parut ce jour-là moins triste qu'à sa dernière visite.

Sans s'arrêter un seul instant dans son appartement, la reine me prit sur le meuble où elle avait l'habitude de me déposer, et redescendit tout de suite.

Elle était venue seule, ce qui m'intriguait fort; et, en la voyant prendre le chemin du Hameau, je me demandais ce qu'elle pouvait aller faire dans ce pavillon solitaire, qui ne renfermait que ses habits de villageoise.

Ordinairement, quand ma maîtresse avait ouvert la porte de son boudoir, elle me retirait de la serrure.

Ce soin, auquel j'étais habituée, elle négligea ce jour-là de le prendre, et, à mon grand étonnement, elle me laissa dehors.

Je crus d'abord qu'elle allait ressortir immédiatement; mais il n'en fut pas ainsi, et le temps commençait à me paraître bien long, quand un jeune homme que je n'avais pas entendu s'approcher me saisit sans façon et ouvrit brusquement la porte.

Je n'étais pas encore revenue de ma surprise, quand j'entendis distinctement ma maîtresse dire au nouveau venu :

« Armand, retirez la clef, je vous prie : il ne faut pas qu'on puisse nous surprendre. »

La précaution que prenait la reine annonçait assez qu'elle avait à entretenir le jeune homme venu à ce rendez-vous d'une affaire à tenir secrète, et j'allais forcément me trouver de moitié dans la confidence qu'elle pensait ne faire qu'à une seule personne.

Cette personne, que je croyais voir pour la première fois, était cependant une de mes anciennes connaissances ; mais comment aurais-je reconnu, dans ce grand et beau garçon, que ma maîtresse appelait Armand tout court, le bambin ramassé autrefois sur la route de Bougival, et qui, à cette époque, répondait au nom de Nicolas !

Tant qu'elle n'eut pas d'enfant, Marie-Antoinette garda près d'elle le petit garçon ; mais, une fois devenue mère, elle plaça son protégé dans un pensionnat de Paris, et lui fit donner une solide éducation.

Nicolas, ou plutôt Armand, était heureusement doué : il profita si bien des leçons de ses maîtres, qu'il devint en peu de temps un élève distingué.

Profondément reconnaissant des soins que la reine avait pris de son enfance, il avait conçu pour elle, en grandissant, un sincère attachement. Rien n'égalait son bonheur quand, aux distributions de prix, où il était toujours couronné, Marie-Antoinette lui disait en lui donnant sa main à baiser :

« Armand, mon ami, je suis contente de vous. »

L'affection qu'il avait pour ma maîtresse grandit encore avec les années : quand l'enfant devint homme, il se fût estimé heureux de donner sa vie pour sa royale protectrice.

Et c'est parce que la reine savait qu'elle pouvait compter sur son dévouement qu'elle se trouvait ce jour-là, seule avec lui, dans les jardins du petit Trianon.

« Armand, lui dit-elle quand il eut refermé la porte du boudoir, je vous ai fait venir ici parce que j'ai un service à vous demander.

« — Toujours bonne pour moi! s'écria le jeune homme en fléchissant le genou.

— A qui pourrais-je m'adresser, si ce n'est à vous, Armand, quand il s'agit d'une mission de confiance? A la cour j'ai de nombreux serviteurs; mais, hélas! je n'ai pas d'amis.

— Et cependant, si l'on vous rendait justice, vous si digne d'être adorée!

— Oublions les ingrats, reprit la reine, dont les yeux s'étaient mouillés de larmes, et parlons du long voyage que vous allez entreprendre aujourd'hui même.

— Vous voulez m'éloigner de vous?

— C'est à Vienne que je vous envoie, mon ami. »

Et présentant au jeune homme une lettre préparée à l'avance :

« Prenez cette missive, que je ne saurais sans me compromettre confier à un courrier de cabinet : je vous charge de la remettre à mon frère Joseph II, et de me rapporter sa réponse. J'ai calculé que vous pouviez être de retour dans une semaine. C'est aujourd'hui lundi; onze heures viennent de sonner : je vous attendrai dans ce pavillon, d'aujourd'hui en huit, à pareille heure... Maintenant, mon enfant, il faut nous séparer : car, si mon absence se prolongeait, elle éveillerait peut-être les soupçons, et une autre fois je pourrais être suivie. »

Pauvre femme ! pauvre reine ! elle n'était déjà plus maîtresse de ses actions.

Pendant les mois suivants, Armand fit chaque semaine le voyage de Paris à Vienne ; mais la correspondance entre Marie-Antoinette et son frère Joseph II n'eut pas les résultats que ma maîtresse semblait en attendre.

La politique, hélas! parlait à Vienne plus haut que le cœur : quand la sœur s'adressait au frère, c'était toujours l'empereur d'Autriche qui répondait à la reine de France.

Il était déjà trop tard pour la sauver : il ne pouvait plus que la plaindre.

XXVI

Pendant la dernière entrevue que Marie-Antoinette eut avec Armand dans le boudoir du Hameau, il fut longuement question entre eux d'un projet auquel Louis XVI hésitait à donner son consentement.

Il ne s'agissait de rien moins que de quitter secrètement le château de Saint-Cloud, devenu pendant l'été résidence royale, et d'aller porter le siège du gouvernement dans une ville rapprochée de la frontière.

« Quand le roi sera tout à fait décidé, avait dit la reine en prenant congé du jeune homme, je vous le ferai savoir ; mais, en attendant, tenez-vous toujours prêt à nous accompagner, car nous pouvons partir d'un moment à l'autre. »

Voici, du reste, quel était ce projet de départ, que Mme Campan décrit dans ses mémoires :

« La famille royale se rendrait en promenade dans la forêt de Marly, distante de quatre lieues environ de Saint-Cloud ; des personnes sur le dévouement desquelles on pouvait compter accompagneraient le roi, qui d'ailleurs était toujours suivi de ses écuyers et de ses pages.

« Un peu plus tard dans la journée, la reine le rejoindrait avec sa fille et Madame Élisabeth ; quant au Dauphin, il irait au rendez-vous avec Mme de Tourzel, sa gouvernante.

« Une grande berline suffisait pour toute la famille.

« Le roi devait laisser sur son bureau à Saint-Cloud une lettre pour le président de l'Assemblée nationale.

« Le service du roi et de la reine attendrait sans inquiétude jusqu'à neuf heures du soir, puisque la famille ne rentrait qu'à cette heure.

« La lettre du roi ne pouvait donc être remise à Paris que très avant dans la soirée.

« L'Assemblée alors n'étant pas réunie, il faudrait trouver le président, soit chez lui, soit dans une autre maison, — et on atteindrait facilement minuit avant que l'Assemblée pût être convoquée, — et aviser au moyen de rejoindre les fugitifs, qui auraient déjà six à sept lieues d'avance sur ceux qui tenteraient de les poursuivre. »

Ce projet si habilement conçu ne devait avoir qu'un commencement d'exécution, et cela par suite d'un événement imprévu, dans lequel j'étais appelée à jouer un rôle important.

La reine était parvenue à vaincre la répugnance du roi : l'époque du départ ayant été arrêtée, les personnes qui devaient ac-

compagner la famille royale furent secrètement prévenues.

Le plus grand mystère avait entouré les
préparatifs de la fuite : on n'entrevoyait aucun obstacle.

Au jour fixé, Louis XVI sortit, comme à
l'ordinaire, à quatre heures de l'après-midi,
et dirigea sa promenade vers la forêt de
Marly, où devaient le rejoindre la reine,
ses deux enfants et Madame Élisabeth.

A six heures toute la famille se trouvait
réunie ; elle se disposait à prendre place
dans la berline, dont les postillons étaient
déjà en selle, quand tout à coup ma maîtresse vint à se rappeler qu'elle avait oublié
au petit Trianon le coffret renfermant sa correspondance avec son frère.

Or les lettres de Joseph II en réponse à
celles de sa sœur étaient de nature à la compromettre : elle ne pouvait sans danger les
laisser tomber entre les mains de ses ennemis.

Louis XVI, partageant les craintes de sa
femme, parlait déjà de reprendre le chemin
de Saint-Cloud, lorsque la reine lui représenta qu'une semblable occasion de s'éloigner de la capitale ne se retrouverait peut-
être jamais.

En effet, le roi d'ordinaire ne sortait pas sans être accompagné par un aide de camp du général la Fayette, et ce jour-là, par exception, il ne s'était pas trouvé à son poste.

« D'ailleurs, objecta la reine, il est encore temps de réparer ce fatal oubli, et dans une heure nous pourrons partir. »

Sur un signe de ma maîtresse, qu'il ne perdait pas des yeux, Armand avait sauté à bas de son cheval et s'était approché pour recevoir ses ordres ; elle me remit entre ses mains, et une minute plus tard il courait à franc étrier sur la route de Versailles.

Ma maîtresse ne lui avait dit que quatre mots. *Au Hameau, mon coffret ;* mais ces quatre mots avaient été entendus par l'écuyer qui tenait par la bride la monture du jeune homme.

XXVII

Un mot maintenant sur cet écuyer, qui faisait partie de la maison de la reine.

A l'époque où ma maîtresse eut la fan-

taisie de faire élever près d'elle le petit
garçon que ses chevaux avaient failli écra-
ser, le serrurier Gamain témoigna le regret
qu'on n'eût pas donné la préférence à son
propre neveu, orphelin resté à sa charge ;
il essaya même à plusieurs reprises de
faire renvoyer à son village l'enfant, qu'il
accusait d'avoir tous les vices, quand on
n'avait réellement à lui reprocher que les
gamineries de son âge.

Furieux d'avoir échoué dans ses tentatives,
il voua au protégé de la reine une haine que
le temps ne fit qu'augmenter : aussi, quand
son neveu fut assez grand pour comprendre
tous les avantages qu'il aurait pu retirer de
cette position un instant rêvée pour lui,
mais occupée par un autre, il s'habitua à
considérer celui qu'on lui avait préféré
comme un ennemi personnel, comme un
obstacle à sa fortune.

Paresseux et sournois dans son enfance,
le neveu de Gamain devint plus tard envieux
et méchant.

Un jour, — il était alors dans sa dou-
zième année, — ayant rencontré par hasard
dans le parc de Versailles celui dont il convoitait la place, il lui chercha querelle, et,
se croyant probablement plus fort, il lui

proposa de se battre. Nicolas, ou plutôt Armand, accepta la lutte ; mais notre mauvais garnement ne tarda pas à se repentir d'avoir provoqué son ennemi : car, loin d'en venir facilement à bout, comme il l'avait espéré, il reçut de lui de si vigoureux coups de poing, qu'il fut bientôt forcé de demander grâce, et il rentra chez son oncle le visage tout meurtri et la rage dans le cœur.

A partir de ce jour, il évita soigneusement de se trouver sur le chemin d'Armand, mais il jura de se venger tôt ou tard.

L'occasion d'assouvir sa vengeance devait se faire longtemps attendre. Armand passa plusieurs années au collège, et il n'en sortit qu'au moment où son éducation se trouva entièrement terminée.

Pendant ce temps-là, que faisait le neveu de Gamain ?

Après avoir été tour à tour apprenti serrurier, conducteur de patache et pitre chez des saltimbanques, il avait fini, grâce à la protection de son oncle, par entrer au service de la reine en qualité d'écuyer.

Quand il entendit les quatre mots prononcés par ma maîtresse, il comprit qu'il s'agissait d'un service important qu'Armand allait rendre à sa protectrice.

Poussé par ses mauvais instincts, et jugeant le moment favorable pour satisfaire sa rancune, il résolut d'empêcher le jeune homme d'accomplir sa mission.

Armand fit en une demi-heure les trois lieues qu'il avait à parcourir, mais il se garda bien de se présenter à la grille du petit Trianon; le concierge aurait pu, en l'absence de la reine, lui en refuser l'entrée; il préféra longer les murs du parc jusqu'à l'endroit où il savait trouver un saut de loup.

Arrivé derrière le Hameau, il attacha son cheval à un arbre. Comme il était jeune et alerte, il lui fut facile de franchir le fossé qui le séparait du domaine. Remis en selle au bout de quelques minutes, il reprenait avec la même rapidité le chemin de Marly, rapportant le précieux coffret qu'il était venu chercher.

Brave enfant! De l'endroit où il m'avait placée, après avoir refermé le boudoir de la reine, je pouvais compter les battements précipités de son cœur: il se sentait si heureux d'épargner un chagrin à celle qu'il aimait à l'égal d'une mère!

Hélas ! le pauvre garçon ne se doutait guère, en ce moment, qu'un misérable assassin l'attendait sur la route.

Il venait de dépasser Rueil et de traverser Bougival, quand, au milieu de la côte de Marly, un homme qui se tenait caché derrière un buisson lui tira, presque à bout portant, un coup de pistolet.

Je n'ai pas besoin de dire quel était cet homme.

L'ex-conducteur de patache, l'ancien pitre de saltimbanques, était seul capable d'un pareil crime.

Frappé en pleine poitrine, Armand tomba de cheval et resta étendu sans connaissance au milieu de la chaussée, pendant que son meurtrier remontait en courant du côté de la forêt.

Par bonheur, le coup de feu avait attiré un cantonnier qui cassait des pierres un peu plus loin. Ce brave homme s'empressa de relever le blessé, le porta jusqu'à sa demeure, et, après l'avoir couché sur son lit, il courut chercher des secours.

Quand il revint avec un médecin, Armand commençait à reprendre ses sens. Comme il paraissait chercher des yeux quelque chose :

« C'est-i ça qui vous tourmente ? lui demanda le cantonnier en lui présentant le coffret de la reine. Soyez tranquille : votre boîte n'est pas perdue. »

Puis s'adressant au docteur, en train d'écarter les vêtements du jeune homme :

« Faut que c'te boîte contienne queuque chose de ben précieux tout d'même ! car il la tenaient tellement serrée amont lui, que j'ai éu toutes les peines du monde à l'en débarrasser. »

Mais le docteur n'écoutait pas le bonhomme.

« Tenez, dit-il en lui montrant une balle aplatie, voici ce qui devait causer sa mort, et voilà ce qui lui a sauvé la vie.

— Une clef !

— Oui, une clef dont le contact avec les chairs n'a produit qu'une contusion sans gravité, mais qui a pu cependant causer une douleur assez vive pour déterminer l'évanouissement.

Puis, s'adressant à Armand :

« Vous l'avez échappé belle, jeune homme ; sans ce bijou-là, car il faut convenir que cette clef est un véritable bijou, vous seriez maintenant dans l'autre monde, la balle vous aurait traversé le cœur. Mais on a bien fait de venir me chercher : car maintenant il s'agit de prévenir les suites de l'accident qui vient de vous arriver en vous tirant quelques palettes de sang. »

Armand, pressé de partir, voulut protester ; mais il avait affaire à un vieux praticien entêté, convaincu, et jaloux d'exercer son métier en conscience.

Maintenu par le cantonnier, le jeune homme se défendit en vain, et le docteur, impassible, lui pratiqua une large saignée.

Cependant Marie-Antoinette, après avoir attendu pendant deux heures le retour d'Armand, eut le pressentiment qu'il lui était arrivé malheur : inquiète du sort de son enfant d'adoption plus encore que de son coffret, elle prit le parti de revenir à Saint-Cloud, mais non sans avoir cherché à décider le roi à partir avec ses enfants, quitte à les rejoindre le lendemain.

Ses instances furent inutiles : Louis XVI se refusa absolument à se séparer de la reine, et toute la famille reprit le chemin de la résidence royale.

XXVIII

Quand Marie-Antoinette apprit, de la bouche d'Armand, et le danger qu'il avait couru et à quelle circonstance il devait la vie, j'entrai encore plus avant dans ses bonnes grâces.

Elle tenait désormais à moi pour deux motifs : d'abord, parce que l'ouvrier qui m'avait forgée lui était cher; ensuite, parce qu'en protégeant l'homme qui se dévouait pour elle je lui avais épargné un remords, celui d'avoir été la cause involontaire de sa perte.

Habituée à m'avoir sous la main et désirant m'utiliser encore, elle fit revenir à Saint-Cloud la serrure placée en premier lieu à la porte d'un corridor à Versailles, et plus tard à celle de son boudoir au petit Trianon.

Cette serrure, destinée à changer tant de fois de place, devait cette fois fermer son oratoire.

3*

Elle donna des ordres en conséquence, et ils furent exécutés pendant une de ses promenades.

Marie-Antoinette avait l'habitude, avant de se mettre au lit, d'entrer quelques instants dans ledit oratoire, où elle aimait à se recueillir.

Quand, le soir, elle voulut y pénétrer, elle rencontra un obstacle auquel elle était loin de s'attendre ; ordinairement si docile aux volontés de ma maîtresse, j'apportais cette fois, et bien malgré moi je dois en convenir, une résistance invincible à ses efforts pour me faire tourner dans la serrure.

Le roi, m'ayant examinée avec attention, constata dans mon panneton une déviation suffisante pour m'empêcher de fonctionner, et il se chargea de me remettre en bon état.

J'avais été faussée par la balle destinée à Armand.

Si je disais aujourd'hui qu'après avoir sauvé la vie à ce jeune homme, je pourrais encore me vanter d'avoir protégé les jours de la reine, on ne manquerait pas sans doute de m'accuser de forfanterie. Je me contenterai donc de livrer les faits suivants à l'appréciation du lecteur.

Le général la Fayette, chargé de la garde de la famille royale, eut connaissance d'un complot contre la vie de la reine.

Il savait même qu'un scélérat, nommé Rotando, était parvenu à s'introduire dans le palais, où il se tenait caché, guettant le moment où Marie-Antoinette se trouverait à sa portée.

Le général fit poser des sentinelles à toutes les portes et donna partout le signalement de ce monstre; mais, malgré les recherches les plus minutieuses, il fut impossible de découvrir ce qu'il était devenu.

Une seule pièce n'avait pas été visitée : c'était l'oratoire de la reine, dont elle seule avait la clef et où il paraissait impossible qu'on eût pénétré, car l'idée que Rotando avait pu s'y glisser dans la journée, au moment où l'on en avait changé la serrure, n'était venue à personne.

C'était pourtant dans cet endroit que, armé d'un long couteau, il attendait la reine; et, si la clef dont elle comptait se servir avait fonctionné comme à l'ordinaire, il est incontestable et acquis à l'histoire qu'on aurait eu ce jour-là un affreux malheur à déplorer.

Le lendemain matin, le serrurier Gamain,

chargé par le roi de s'assurer si la clef
faussée par accident se trouvait suffisamment redressée, ouvrit lui-même la porte
de l'orr*oire : il se trouva face à face avec
l'assassin, qu'il laissa échapper.

Quand on lui demanda plus tard pourquoi
il n'avait pas mis la main sur le misérable,
il prétendit que, menacé de son couteau, il
n'avait pas osé le saisir.

XXIX

Chaque année, condamnée à l'inaction
par le départ de la cour, j'attendais avec
impatience le retour de la belle saison, qui
ramenait ma maîtresse à sa résidence de
Saint-Cloud.

Les soucis du moment, les préoccupations
de l'avenir de plus en plus sombre, avaient
fait peu à peu délaisser le petit Trianon.

L'heureux temps des naïves pastorales
était, hélas! déjà loin. La reine, naguère
encore l'idole de la nation, se trouvait

maintenant en butte aux calomnies les plus absurdes : on allait jusqu'à la proclamer le chef d'un vaste complot révolutionnaire.

Rapportée par mégarde à Versailles au commencement de l'hiver de l'année 1790, j'avais été témoin des déplorables événements qui s'y étaient passés pendant la journée du 5 octobre 1789.

La populace de Paris, sous prétexte de demander du pain au roi, s'était ruée sur Versailles, traînant à sa suite des canons et proférant de sanguinaires menaces.

Les hurlements de ces forcenés se faisaient entendre jusque dans les appartements du château, où tout était en confusion.

On s'attendait donc à voir enfoncer les portes d'un moment à l'autre, quand on apprit qu'ils précédaient de quelques heures seulement l'armée parisienne, commandée par le général la Fayette, et que le but de cette invasion à main armée était d'enlever le roi et sa famille pour les ramener dans la capitale.

Pendant que les femmes de service, affolées, s'empressaient de réunir le linge et les vêtements de la reine, j'eus le bonheur de l'apercevoir quelques instants.

Elle me parut aussi calme au milieu du

désordre de son intérieur que s'il se fût agi,
non d'un départ précipité, mais d'un simple
voyage d'agrément.

Comme elle présidait elle-même et avec
un admirable sang-froid aux choix des objets
qu'elle désirait emporter, elle daigna me
désigner, et je fus placée par son ordre
dans sa boîte à bijoux.

Pendant tout le temps que je passai au
palais des Tuileries, reléguée au fond du
cabinet de la reine, je ne vis le jour qu'une
seule fois, et encore pendant quelques minutes à peine.

Une des femmes de Marie-Antoinette, une
misérable créature nouvellement à son service et vendue à ceux qui cherchaient à la
perdre, avait appris, je ne sais par quelle
indiscrétion, que parmi les bijoux de la reine
se trouvait une clef.

Or le secret de l'armoire de fer avait été
trahi par le serrurier Gamain : on savait
qu'elle existait, on connaissait même la cachette où elle était placée; mais le roi seul
en possédait la clef.

Cette clef, où était-elle? qui pouvait en
avoir la garde, si ce n'était la reine?

Sa boîte à bijoux renfermait une clef :
évidemment ce devait être celle de la mys-

térieuse armoire, et celui qui parviendrait à s'emparer des précieux papiers qu'on la supposait contenir pourrait assurément prétendre à une forte récompense.

Appelée chaque jour par son service dans l'appartement de la reine, la femme en question ne craignit pas de forcer la boîte à bijoux de ma maîtresse, et elle s'empara de moi.

Elle prétendait, la malheureuse, me rendre complice d'un crime, d'un odieux abus de confiance : aussi sa déception fut au comble, quand elle s'aperçut que c'était bien à tort qu'elle avait compté sur moi pour l'aider à accomplir sa mauvaise action.

Rejetée par elle au fond de la boîte où elle m'avait prise, je retombai dans l'isolement auquel j'étais condamnée.

Cependant je ne restai pas absolument étrangère aux graves événements qui se passaient autour de moi, car souvent et sans trop d'efforts je parvenais à interpréter les bruits qui arrivaient jusqu'à ma retraite.

Ainsi les rumeurs populaires si fréquentes dans ces jours néfastes m'avertissaient que des attroupements hostiles venaient d'envahir les cours du palais; le tocsin, que j'entendis sonner un soir à Saint-Germain-l'Auxerrois, m'apprit qu'on appelait aux armes la population parisienne, comme plus tard la fusillade et les coups de canon du 10 août 1792 m'annoncèrent le massacre des Suisses et l'effondrement définitif de la royauté.

J'étais d'ailleurs tellement au courant des habitudes du château, que je devinais sans peine, à la manière de marcher des femmes de la reine, le degré d'inquiétude qui les dominait.

Nonchalantes à l'ordinaire, si elles déployaient par exception une plus grande activité, leurs pas précipités me prévenaient qu'un danger quelconque menaçait la famille royale.

Ces jours-là, j'éprouvais dans ma prison une anxiété cruelle, et j'attendais avec impatience le moment où j'entendrais ma maîtresse ouvrir la porte de son cabinet : car c'était sur le bureau même où se trouvait sa boîte à bijoux qu'elle venait chaque soir écrire sa correspondance.

J'étais bien heureuse de la savoir si près de moi; mais les profonds soupirs qui s'échappaient à tous moments de sa poitrine

venaient troubler ma joie et gâter mon bonheur.

Un soir, ma maîtresse ne vint pas comme
à l'ordinaire.

Cela me parut singulier : car, dans la
journée, aucun bruit inquiétant n'était venu
me donner l'éveil; le service des chambres
s'était accompli tranquillement, et rien dans
l'entourage de la reine n'avait dénoncé une
préoccupation quelconque.

J'en étais donc réduite aux conjectures.

Peut-être ma maîtresse s'était-elle trouvée
plus fatiguée que les autres jours; peut-être
le Dauphin était-il malade.

Ces suppositions, très admissibles du
reste, me firent patienter jusqu'au lendemain; mais, quand vint le jour, au silence
de mort qui régna toute la matinée dans les
appartements, je compris que la famille
royale, poussée à bout, avait profité de la
nuit pour abandonner le château, où elle ne
se sentait plus en sûreté.

C'était le dernier conseil que Mirabeau
lui avait donné avant de mourir.

J'aimais trop ma maîtresse pour me
plaindre de l'abandon dans lequel elle me
laissait; car je comprenais que pour elle la
fuite était le salut.

Hélas, l'infortunée princesse devait être
arrêtée par la trahison sur la route de Va-
rennes.

XXX

Le retour de la famille royale, que les
délégués de la nation ramenèrent à Paris
prisonnière, fut bientôt suivi de la sanglante
journée du 10 août. Pendant que Louis XVI
et Marie-Antoinette étaient allés chercher un
refuge au sein de l'Assemblée, la populace
prenait le château d'assaut, assassinait les
Suisses, victimes de leur fidélité au souverain, et pillait les appartements.

La boîte à bijoux dans laquelle j'étais
renfermée ne pouvait pas échapper aux bri-
gands qui faisaient main basse sur tout ce
qu'ils trouvaient à leur convenance : ils la
brisèrent à coups de hache, et se partagè-
rent ce qu'elle contenait de précieux.

Quant à moi, regardée avec dédain comme
un objet sans valeur, je restai dans le cabinet de la reine, au milieu des débris de
toute sorte qui jonchaient le parquet.

Qui m'aurait dit autrefois, quand j'assistais dans le boudoir du petit Trianon à la toilette de ma maîtresse, quittant gaiement ses riches parures pour revêtir pendant quelques heures le simple costume de la fermière, que je retrouverais plus tard cette adorable princesse, alors idolâtrée du peuple français et réputée la plus heureuse des femmes, prisonnière à la tour du Temple, abreuvée de dégoûts, accablée de malédictions par ceux-là mêmes qui l'avaient encensée, et ne devant quitter sa triste prison que pour périr sur un échafaud, arrosé déjà quelques mois auparavant du sang de son royal époux?

En effet, ce fut à la tour du Temple que je fus apportée par Cléry.

Ce fidèle serviteur, ayant obtenu la permission d'introduire dans la prison quelques livres destinés à ses maîtres, se rendit au palais des Tuileries, où il espérait trouver dans le cabinet de la reine ses auteurs favoris.

Hélas! ils avaient été presque tous anéantis. Ce fut en cherchant à en réunir les pages éparses et lacérées qu'il me rencontra sous sa main; or il savait combien j'étais chère à ma maîtresse : il s'empressa

donc de me réunir à quelques menus objets
échappés au pillage, cacha le tout sous ses
vêtements, et, le soir même, il remit à
Marie-Antoinette ces épaves d'un récent
naufrage.

XXXI

Pendant toute la durée de la captivité du
roi, et plusieurs mois après sa mort, mon
rôle fut au Temple ce qu'il avait été aux Tuileries, absolument négatif. Mon infortunée
maîtresse, trop absorbée pour s'occuper des
objets futiles auxquels je me trouvais mêlée,
avait complètement oublié que j'existais.
Elle ne se souvint de moi que le jour où se
présenta l'occasion de m'utiliser.

Je raconterai tout à l'heure dans quelle
circonstance.

Prête à paraître devant le tribunal révolutionnaire qui avait condamné son mari,
Marie-Antoinette ne se faisait aucune illu-
sion sur le sort qui l'attendait.

Elle l'avait d'ailleurs prédit, dès les premiers jours de son incarcération, dans une

lettre qu'elle écrivait à Mme la princesse de
Lamballe, pour la supplier de ne pas ren-
trer en France.

« Nous sommes perdus, lui disait-elle ;
les rois prisonniers sont bien près de la
mort. »

Mais, si la reine avait fait le sacrifice de
sa vie, ses amis, — car elle en avait encore,
— ne perdaient pas l'espérance de l'arracher
à ses bourreaux. Plusieurs projets d'évasion
lui avaient été soumis sans qu'elle consen-
tît à se prêter à aucun.

Abandonner ses enfants était au-dessus
de ses forces.

Tout récemment, on avait eu la barbarie
de la séparer de son fils et de sa fille ; j'avais
même entendu les cris déchirants poussés
par le Dauphin, quand on était venu l'arracher des bras de sa mère. Mais ces chères
créatures habitaient encore le Temple, elle
les savait près d'elle, et, jusqu'à sa dernière
heure, elle voulait partager leur prison.

Par un raffinement de cruauté inexpli-
cable et que rien ne justifiait, on avait été
jusqu'à lui interdire toute communication
avec sa famille : elle ne pouvait donc ni
écrire à ses parents, ni recevoir leurs lettres.

Un jour, le concierge de la tour, qui,

d'ordinaire, ne lui adressait jamais la parole, lui demanda brusquement si elle aimait les fleurs.

« Pourquoi me demandez-vous cela ? lui dit ma maîtresse.

— C'est parce qu'il y a en bas, dans la cour, un bonhomme qui voudrait vous offrir des roses. Comme je n'y vois pas d'inconvénient, si ça pouvait vous faire plaisir, je le ferais monter.

— Je vous remercie...; je recevrai volontiers cette personne. »

Un instant après, des pas pesants retentirent dans l'étroit escalier de la tour, et une espèce de paysan, porteur d'un énorme bouquet de roses, fut introduit dans la pièce où se trouvait la reine.

Cet homme, qui paraissait en proie à une vive émotion, s'inclina respectueusement devant ma maîtresse en lui présentant ses fleurs.

« Voici de bien belles roses, dit Marie-Antoinette, qui essayait de sourire.

— Ce sont des *chevettes*, Madame, et je suis *Chevet*, le très humble serviteur de Votre Majesté, qui serait bien fier si elle daignait accepter les produits de son jardin. »

Le père Chevet, jardinier de son état, cultivait avec succès une espèce de roses auxquelles il avait donné son nom, et qui étaient alors fort à la mode et très recherchées.

« Je vous remercie de votre charmant cadeau, avait répondu la reine; mais je vous en serais doublement reconnaissante si vous étiez assez bon pour en faire parvenir la moitié à mes enfants.

— Oh! très volontiers, s'écria le vieux jardinier. Je pourrais même, ajouta-t-il en baissant la voix, me charger d'une commission..., d'une lettre..., si Votre Majesté avait assez de confiance en moi.

— Hélas! dit en soupirant ma maîtresse, je n'ai pas la permission de leur écrire.

— Je sais bien..., mais on pourrait peut-être...

— Ce serait vous exposer, vous compromettre.

— Quelques mots se cacheraient si facilement... dans la tige d'une clef forée, par exemple...; et qui pourra jamais se douter...? »

Ma maîtresse réfléchit un instant, et, se rappelant que Cléry m'avait rapportée des Tuileries, elle approuva du geste l'idée in-

génieuse que venait de lui suggérer le père
Chevet; elle me prit dans le tiroir où elle
m'avait serrée, et, pendant que le bonhomme guettait à la porte, craignant une
surprise, elle traça à la hâte quelques mots
sur une page de son livre d'heures, en déta-
cha un fragment, le roula délicatement entre
ses doigts, et l'introduisit ensuite dans la
cachette inventée par le vieux jardinier.

La reine n'avait écrit qu'une seule ligne,
mais les quelques mots qu'elle contenait
devaient rendre bien heureux ceux à qui ils
étaient destinés : *Deux baisers pour mes
enfants.*

XXXII

Le père Chevet ne s'attendait guère à ce
qui allait lui arriver en sortant; car, pour
éviter d'éveiller les soupçons, au lieu de se
rendre tout de suite près du Dauphin, il avait
jugé prudent de remettre au lendemain sa
visite.

Il se disposait donc à franchir le seuil de
la prison du Temple, quand le concierge le
rappela.

« Ne vous en allez donc pas si vite, lui dit ce dernier, qui à ce moment n'était plus seul : avant de nous quitter, il y a une petite formalité à remplir; le citoyen commissaire, ici présent, vient de m'en faire souvenir, et comme je n'ai pas envie de perdre ma place...

— Il s'agit de retourner nos poches, dit à son tour le délégué de la Commune chargé d'inspecter la prison du Temple. Ceux qui approchent de la veuve Capet, pour une raison ou pour une autre, nous sont tous suspects.

— Moi, je suis venu lui apporter des roses, dit avec bonhomie le vieux jardinier, et je n'ai sur moi que la clef de mon armoire. »

Il avait compris que le seul moyen de se tirer d'affaire était de payer d'audace. En faisant cette déclaration, il me présentait au citoyen commissaire.

« Pouah! fit cet homme en remarquant les fleurs de lis dont j'étais ornée, c'est une clef d'aristocrate, ça. »

Et il ajouta d'un ton sévère :

« Je te somme de nous dire comment elle se trouve en ta possession.

— Pardi! répondit avec aplomb le père

Chevet, qui pensait qu'en cette circonstance un mensonge était bien permis, cette clef vient des Tuileries, d'où je l'ai rapportée le 10 août, après avoir aidé les autres à fusiller les habits rouges. C'est ma part de pillage; et comme elle se trouvait aller à mon armoire, j'en ai fait mon profit... Est-ce qu'il y a du mal à ça, citoyen commissaire ?

— Pas le moins du monde, l'ancien; ce que possédait le tyran appartient à la nation, et vous aviez le droit d'emporter tout ce qui vous convenait. Seulement, il faut l'avouer, si vous n'avez pas pris autre chose, c'est que vous savez vous contenter de peu.

— Il est vrai, dit le père Chevet, que cette petite clef n'a pas grande valeur; mais du moment qu'elle va à mon armoire... »

Et il me remit tranquillement dans sa poche.

Quand, le jour suivant, le vieux jardinier, se présentant avec de nouvelles roses à la porte de la prison, demanda à porter un bouquet au Dauphin et à sa sœur, il obtint sans difficulté la permission qu'il sollicitait.

Sa réputation était faite : il avait concouru au massacre des Suisses; c'était un bon

patriote, dont on ne devait pas se défier,
malgré sa singulière manie d'offrir des roses
à tout le monde.

Le Dauphin, auquel le père Chevet apportait des nouvelles de sa mère, profita
d'un moment où le gardien avait le dos
tourné pour jeter les yeux sur le petit papier que j'avais si heureusement dérobé aux
recherches, et, sans doute pour me prou-
ver sa reconnaissance, il me couvrit de
baisers.

Quand, après avoir quitté les deux enfants, le jardinier me rapporta chez la reine,
il lui indiqua du doigt la place où son fils
avait posé ses lèvres, et la pauvre mère
s'empressa d'y appliquer les siennes.

Le stratagème du père Chevet avait si
bien réussi, que ma maîtresse se proposait
d'y avoir quelquefois recours; mais un incident imprévu vint mettre obstacle à ce projet et interdire les visites du donneur de
bouquets.

Un des partisans de la reine essaya de lui
faire parvenir un nouveau plan d'évasion.
Le billet qui le contenait était renfermé
dans un œillet; malheureusement la ruse
fut découverte, et à partir de ce jour on ne
laissa plus entrer de fleurs au Temple. Les

roses du père Chevet, du bon patriote qui avait fait ses preuves dans la journée du 10 août, furent également comprises dans la proscription.

Cependant, grâce à l'ingénieuse idée du vieux jardinier, je devais encore une fois servir de messagère à celle dont l'impitoyable destin allait me séparer pour toujours.

La veille du jour où Marie-Antoinette devait être transférée du Temple à la Conciergerie, elle obtint la permission de disposer en faveur de différentes personnes de quelques objets sans valeur, qu'on avait laissés en sa possession : c'étaient autant de souvenirs qui devaient paraître d'un prix inestimable à ceux auxquels ils étaient destinés.

Ce fut à son enfant d'adoption que j'allais échoir en partage, et je fus témoin des larmes que le pauvre Armand répandit quand, sur le papier qui m'avait été confié et qu'il parvint à découvrir dans sa cachette, il reconnut l'écriture de la reine.

« *Remember !* souvenez-vous ! » Elle s'était rappelé le dernier mot prononcé par l'infortuné Charles Ier sur l'échafaud de White-Hall.

Devenue la propriété du plus fidèle des amis, j'assistai avec lui au procès de la reine. Cette indigne comédie, dont le dénouement fut si dramatique, a laissé dans ma mémoire des traces ineffaçables. Je peux donc encore aujourd'hui vous en retracer fidèlement les scènes principales.

XXXIII

Depuis deux mois déjà, la noble veuve du roi Louis XVI attendait dans son cachot de la Conciergerie qu'on fût parvenu à dresser contre elle un acte d'accusation.

On avait rendu un décret qui enjoignait au tribunal révolutionnaire de s'occuper sans retard du procès de la veuve Capet; mais c'était en vain que les juges instructeurs examinaient pièce à pièce le volumineux dossier du procès de Louis XVI : ils ne pouvaient rien trouver de sérieux à la charge de la prisonnière.

Fouquier-Tinville, qui avait brigué les tristes fonctions d'accusateur, et que le comité de salut public pressait chaque jour

d'en finir, en était réduit à baser son réquisitoire sur des faits insignifiants, sur des
rapports absurdes et mensongers : fragile
échafaudage que le simple bon sens aurait
dû renverser, mais que devait étayer la haine
populaire.

Dans la soirée du 12 octobre 1793, Armand, que j'accompagnais constamment,
pénétra avec moi dans la grande salle d'audience du palais de justice, où l'accusée
devait subir un premier interrogatoire.

Cette salle, où allait fonctionner le tribunal révolutionnaire, était déjà remplie
de monde. Malgré la demi-obscurité qui y
régnait, sans doute à dessein, on pouvait
lire sur presque tous les visages une curio-
sité fiévreuse et méchante.

Après une longue attente, les juges, —
j'allais dire les bourreaux, — prirent place
sur leurs sièges, et le président ordonna
qu'on introduisît l'accusée.

A la vue de sa bienfaitrice, Armand fut
pris d'un tremblement convulsif et faillit
s'évanouir; mais il se remit peu à peu et
parvint à surmonter la vive émotion qu'il
éprouvait.

Ce soir-là, Marie-Antoinette portait une
mauvaise robe noire, rapiécée de ses pro-

pres mains. Elle s'avança d'un pas ferme,
et, sur les indications de l'huissier de service, elle alla s'asseoir, entre deux gendarmes, sur la banquette placée en face du tribunal.

Alors commença l'interrogatoire, dont je
ne perdis pas un mot.

Après avoir passé successivement en revue
tous les prétendus griefs accumulés contre
elle, et qu'elle sut mettre à néant avec une
présence d'esprit qui ne se démentit pas un
seul instant, le président Hermann demanda
à la reine d'où provenaient les millions en-
voyés par elle à son frère.

Marie-Antoinette répondit qu'elle n'avait
jamais envoyé d'argent en Autriche, et, au
reproche qu'on lui adressa d'avoir entretenu
des intelligences avec les princes émigrés,
elle opposa les plus fermes dénégations.

Mais quand on lui parla des complots
qu'elle avait ourdis contre le peuple, elle
se contenta de hausser les épaules.

« Cependant, reprit Hermann, que confon-
dait le sang-froid de l'accusée, vous n'avez
jamais cessé de vouloir détruire la liberté;
vous vouliez régner à tout prix, et remonter
sur le trône en passant sur les cadavres des
patriotes. »

Cette accusation ridicule fit bondir Armand. Aux crispations de la main dans laquelle il me tenait serrée, je devinai qu'il allait commettre une imprudence, donner un démenti au magistrat qui venait d'avancer une pareille absurdité. Mais la reine ne lui laissa pas le temps d'ouvrir la bouche.

« Nous n'avions pas besoin de remonter sur le trône, dit-elle avec dignité, puisque nous y étions assis. Nous n'avons jamais désiré que le bonheur de la France. »

A ce moment un tapage infernal éclata dans la salle : les protestations d'innocence que venait de se permettre la reine avaient exaspéré les *tricoteuses*.

Ces ignobles femmes, qui ne manquaient aucune séance du tribunal révolutionnaire, venaient ce jour-là pour jouir de l'humiliation de celle qui avait été la reine de France. En la voyant relever fièrement la tête et tenir en échec ses accusateurs, elles avaient éprouvé une déception qui dégénérait en accès de rage.

Forcé d'interrompre la séance, le président donna l'ordre qu'on reconduisît l'accusée dans sa prison. Mais auparavant il lui nomma d'office deux défenseurs : M⁰⁰ Tronson du Coudray et Chauveau-Lagarde.

Pendant toute la durée de l'audience, Armand n'avait pas quitté des yeux la reine, espérant toujours qu'elle l'apercevrait. Marie-Antoinette, qui ne le savait pas si près d'elle, ne tourna pas une seule fois la tête.

Ce soir-là, le pauvre garçon rentra chez lui la mort dans l'âme, presque entièrement découragé.

XXXIV

Deux jours après, le 14 octobre, à huit heures du matin, malgré les réclamations des défenseurs de la reine, qui n'avaient pas eu le temps d'examiner le volumineux amas de pièces formant le dossier qui leur avait été soumis au dernier moment, les débats commencèrent.

Armand, qui n'avait pas voulu se séparer de moi, était arrivé un des premiers dans la salle.

Au découragement dans lequel il était tombé à l'issue de la précédente audience, avait succédé une surexcitation que je m'expliquais parfaitement. Il avait profité du temps qui s'était écoulé entre le premier interrogatoire de la reine et l'ouverture des débats pour se mettre en rapport avec plusieurs gentilshommes, dévoués comme lui à Marie-Antoinette, et qui avaient juré de la sauver au péril même de leur vie. Ce complot, tout récemment formé, avait un chef plein d'énergie, qu'il connaissait de nom, mais avec lequel il ne s'était jamais rencontré.

Je me rappelle encore parfaitement aujourd'hui la composition de ce tribunal sanguinaire, qui s'était arrogé le droit de juger les têtes couronnées.

Hermann en était le président. Il avait pour collègues Coffinal, l'ami de Robespierre; Deliège, maire, et Douzé-Verteuil.

Parmi les jurés figuraient en première ligne : l'ex-marquis Antonelle, le limonadier Chrétien, l'imprimeur Nicolas, le perruquier Ganney et le menuisier Trinchart.

Ce dernier, tout fier de son importance, disait à tout propos qu'il était *joyeux* d'avoir à juger la *bête* qui avait dévoré *une grande partie de la république.*

Comme à la première audience, le prétoire était comble, et il y régnait une sourde rumeur; mais, quand parut l'accusée, le silence se rétablit comme par enchantement.

Interpellée par le président, la fille de Marie-Thérèse déclara se nommer Marie-Antoinette d'Autriche, et être âgée de 38 ans.

« Votre qualité? lui demanda Hermann.

— Veuve du roi de France, répondit-elle fièrement.

— Et vous demeurez? se hâta d'ajouter le juge, visiblement troublé.

— Au moment de mon arrestation, je me trouvais avec mon mari et mes enfants dans le lieu des séances de l'Assemblée, au milieu des représentants de la nation, qui, au lieu de nous protéger, comme c'était leur devoir, nous ont livrés à nos plus cruels ennemis. »

La dernière partie de cette phrase, prononcée au milieu d'un tumulte épouvantable, n'a jamais été reproduite par les historiens; et cependant ils avaient pu la lire sur les lèvres contractées de la reine, et les juges la comprirent si bien, qu'instinctivement ils courbèrent la tête pour cacher la rougeur de la honte qui leur montait au front.

Le président Hermann, incapable de soutenir plus longtemps une lutte dans laquelle l'accusée avait le plus beau rôle, abrégea l'interrogatoire. Dès que le silence fut rétabli dans l'auditoire, il donna la parole à l'accusateur public.

Fouquier-Tinville résuma, son réquisitoire en trois chefs principaux.

La reine était accusée : 1° d'avoir méchamment et à dessein, de concert avec l'infâme ex-ministre de Calonne, dilapidé d'une manière effroyable les finances de la France, d'avoir fait passer à l'étranger des sommes incalculables, enfin d'avoir épuisé le trésor de l'État ; 2° d'avoir, tant par elle que par ses agents contre-révolutionnaires, entretenu des intelligences et des correspondances avec les ennemis de la république, d'avoir informé et fait informer ces mêmes ennemis des plans d'attaque et de campagne convenus et arrêtés dans le conseil ; 3° d'avoir, par ses intrigues et manœuvres et par celles de ses agents, tramé des conspirations et des complots contre la sureté intérieure et extérieure de la France ;

D'avoir à cet effet allumé la guerre civile dans diverses parties de la république, et armé les citoyens les uns contre les autres ;

D'avoir, par ce moyen, fait couler le sang d'un nombre considérable de citoyens.

Si, pendant la lecture de ce monstrueux

réquisitoire, de cet acte d'accusation mensonger, entièrement dénué de preuves, la reine ne laissa paraître aucun signe d'émotion et resta, au contraire, calme, il n'en fut pas de même du pauvre Armand, dont l'indignation contenue à grand'peine se traduisait par une agitation fébrile dont je ressentais le contre-coup; mais bien certainement c'était sans le vouloir qu'il me torturait à me briser : pourquoi aussi me gardait-il constamment dans sa main? Je cherchais vainement à le comprendre. Ce fut seulement pendant l'audition des témoins que j'en connus le motif.

Parmi ceux qui eurent le triste courage de se présenter à la barre pour insulter une faible femme, je ne citerai que le chef de ces aboyeurs subalternes, Hébert, le rédacteur du *Père Duchêne*, un monstre dont la mémoire abhorrée est vouée pour toujours à l'exécration des honnêtes gens.

Furieux contre Fouquier-Tinville, qui, par un reste de pudeur, avait laissé dans l'ombre un chef d'accusation forgé dans son infernale officine, ce misérable, qui avait toutes les impudences, toutes les bassesses, ne craignit pas de reprendre en détail une immonde calomnie.

Interrompu par les murmures d'une partie de l'auditoire, il en appela aux tricoteuses, qui cette fois, au lieu de l'applaudir, gardèrent un silence significatif.

Alors, au comble de l'exaspération, il accusa le président Hermann de trahir la république en ménageant la veuve Capet, qu'il osa appeler une Messaline.

Cette apostrophe injurieuse était à peine sortie de sa bouche, qu'un violent coup de sifflet retentissait dans la salle.

C'était le brave Armand qui venait de m'approcher de ses lèvres pour jeter à la face du lâche insulteur de la reine cette éclatante protestation.

Elle eut du reste de l'écho dans l'assemblée : des applaudissements se firent entendre; ils prouvèrent à la malheureuse princesse qu'il y avait encore en France des cœurs généreux, des âmes compatissantes, qui ne craignaient pas de prendre ouvertement sa défense.

Cependant mon nouveau maître avait été signalé comme le perturbateur qui venait de troubler la séance, et il allait probablement être arrêté, quand un individu qu'il ne connaissait pas l'entraîna de force hors de la salle.

Armand avait, au premier abord, tenté de résister : il voulait, disait-il, essayer de s'approcher d'Hébert, pour le souffleter en plein tribunal.

« Il n'aurait que ce qu'il mérite, lui répondit l'inconnu ; mais ce qui est différé n'est pas perdu. En attendant, écoutez-moi. Je suis de Rougeville. Je sais que la reine aura besoin demain de tous ses amis : car, pour moi, sa condamnation n'est pas douteuse. »

En apprenant le nom de celui qui cherchait à le retenir, Armand n'insista plus. Il lui apprit que la veille, le sachant un des plus zélés partisans de la reine, il avait vainement cherché à le rejoindre.

Ces deux hommes n'étaient pas de la même caste ; mais ils avaient l'un et l'autre la noblesse du cœur, et ils étaient faits pour s'entendre.

XXXV

Pendant que le tribunal révolutionnaire achevait son œuvre criminelle, pendant que le procureur de la Commune revenait avec

acharnement sur les anciens griefs fausse-
ment allégués contre la reine, qu'il entas-
sait les calomnies enfantées par les ambi-
tions de cour et les haines de carrefour,
Armand et de Rougeville, entourés d'une
centaine de gentilshommes, tramaient en
silence le complot qui devait assurer le salut
de Marie-Antoinette, si ses juges osaient la
condamner.

Dans la soirée du 15 octobre, un des amis
de de Rougeville, resté après lui au palais
de justice, apporta la copie des dernières
paroles prononcées par l'illustre accusée.

Elle avait répondu au président Hermann,
qui lui demandait si elle avait quelque chose
à ajouter à sa défense :

« Pour ma défense, rien; pour vos remords, beaucoup. J'étais reine, et vous
m'avez détrônée; j'étais épouse, et vous
avez assassiné mon mari; j'étais mère, et
vous m'avez arraché mes enfants. Il ne me
reste que mon sang; hâtez-vous de le prendre pour vous en abreuver. »

J'entendis Armand lire à l'assemblée d'une
voix pleine de larmes ces amères et fou-
droyantes paroles, qui durent faire pâlir
les membres du tribunal.

Ce fut encore par Armand que j'appris

dans la nuit le texte des quatre questions posées par Hermann après les éloquents plaidoyers des deux avocats de la reine.

Les émissaires se succédaient chez de Rougeville de quart d'heure en quart d'heure : il était ainsi tenu au courant de la marche du procès.

Voici comment étaient libellées ces questions insidieuses, auxquelles les jurés avaient à répondre dans leur âme et conscience :

1° Est-il constant qu'il ait existé des manœuvres et des intelligences avec les puissances étrangères et autres ennemis intérieurs de la république, lesdites manœuvres et intelligences tendant à leur donner l'entrée du territoire français et y faciliter le progrès de leurs armes ?

2° Marie-Antoinette d'Autriche, veuve de Louis Capet, est-elle convaincue d'avoir coopéré à ces manœuvres et d'avoir eu ces intelligences ?

3° Est-il constant qu'il a existé un complot et conspiration tendant à allumer la guerre civile dans l'intérieur de la république en armant les citoyens les uns contre les autres ?

4° Marie-Antoinette d'Autriche, veuve de Louis Capet, est-elle convaincue d'avoir participé à ce complot et conspiration ?

Un peu après trois heures du matin, nous savions que les jurés, dont la délibération dura une heure à peine, avaient répondu affirmativement sur toutes les questions, et que la reine était condamnée à la peine de mort.

De Rougeville et ses amis s'attendaient à ce fatal dénouement; cependant l'arrêt du tribunal les plongea dans une muette stupeur.

Ce fut Armand qui le premier reprit courage.

« Messieurs, dit-il aux gentilshommes consternés, le moment d'agir est venu.

« Il est bientôt quatre heures du matin, et la justice du peuple est expéditive : dès que le jour paraîtra, le bourreau viendra sans doute réclamer sa victime. C'est à vous qu'il appartient maintenant d'empêcher la nation française de se souiller d'un pareil crime.

— Courons donc chacun à notre poste! ajouta de Rougeville en passant à sa ceinture une paire de pistolets. Vous connaissez tous le plan que nous avons arrêté. C'est au pied de l'échafaud que je vous donnerai le signal convenu. »

Ce signal, que chacun devait attendre pour agir, était le cri de : *Vive la reine!*

A un moment donné, ils se précipiteraient tous à la fois sur l'escorte qui amenait Marie-Antoinette, et ils l'enlèveraient de force.

J'avais vu tous ces braves gentilshommes si pleins d'enthousiasme, si confiants dans la réussite de leur hardi projet, que je partageais l'espérance qui remplissait le cœur d'Armand.

Mais, hélas ! il se glisse partout des traîtres, car les Judas sont de tous les siècles : parmi ceux qui, chez de Rougeville, s'étaient proclamés les amis dévoués de l'infortunée Marie-Antoinette, il se trouvait des misérables à la solde du comité de salut public.

Rentrés chez eux pour prendre des armes, les conjurés furent pour la plupart arrêtés à domicile : de Rougeville, leur chef, eut le même sort.

Quant à ceux qui, ayant eu la précaution de s'armer à l'avance, attendirent dans les environs de la Conciergerie le départ de la condamnée, ils firent de vains efforts pour la suivre jusqu'à la place Louis XV.

Le comité de salut public, mis en éveil, avait pris les mesures les plus rigoureuses : ils trouvèrent toutes les issues gardées, et tombèrent à leur tour entre les mains de la police, qui possédait leur signalement.

Armand seul n'avait pas attendu le jour
pour se rendre sur la place où devait avoir
lieu l'exécution. Quand il y arriva, vers
six heures du matin, les charpentiers com-
mençaient seulement à dresser l'échafaud.
Grâce au costume d'ouvrier qu'il avait eu
soin de revêtir, il put sans être remarqué
s'approcher des travailleurs, et, à la faveur
de la demi-obscurité qui régnait encore, il
se glissa sous la hideuse machine, où l'en-
chevêtrement des pièces de bois destinées
à soutenir la plate-forme lui permettait de
se tenir caché.

XXXVI

Le cœur ulcéré, mais conservant jusqu'au dernier moment l'espoir de sauver sa
protectrice, le pauvre jeune homme employa les courts instants qui le séparaient
encore de l'heure du supplice à repasser
dans sa mémoire les principaux événements
de sa vie.

Il se reporta au temps de son enfance,
au jour où, sur la route de Luciennes, il

avait failli être écrasé sous les roues de la
voiture de la reine.

De cette époque dataient sa fortune et ses
jours de bonheur.

Comblé des bienfaits de sa royale protectrice, il n'avait connu d'autres peines en ce
monde que celles que la reine avait pu
éprouver elle-même; et, maintenant encore,
la douloureuse blessure dont saignait son
cœur n'était que le contre-coup des souffrances morales que Marie-Antoinette avait
à supporter.

Tout en se laissant aller au cours de ses
pensées tantôt riantes, tantôt sombres et
attristantes, Armand avait ouvert son por-
tefeuille, où se trouvaient renfermés deux
objets qu'il considéra pendant quelques instants d'un air attendri, deux souvenirs également chers, un médaillon et une petite
clef.

Le médaillon contenait un portrait de
femme; la clef recélait dans sa tige un mor-
ceau de papier roulé.

Le portrait était celui de la reine; sur le
papier caché dans la clef était écrit le dernier mot tracé par la reine, prisonnière au
Temple :

« *Remember!* souvenez-vous! »

4*

A ce moment, de violents coups de marteau frappés au-dessus de sa tête vinrent le tirer de l'extase où il était plongé.

Les charpentiers achevaient de consolider l'échafaud, et la place commençait à se remplir de monde.

Malgré l'heure matinale, le rappel battu dans les quarante-huit sections de Paris avait mis en mouvement une foule impatiente et houleuse, et, une heure plus tard, trois cent mille personnes rassemblées autour de l'instrument du supplice attendaient leur victime et réclamaient leur proie.

Cependant Armand sondait des yeux les flots de curieux qui grossissaient sans cesse. Malgré l'attention qu'il apportait à examiner ceux qui se trouvaient au premier rang, il ne découvrait aucun des conjurés sur lesquels il comptait.

L'absence de de Rougeville l'étonnait particulièrement, et peu à peu la confiance qui l'avait soutenu jusque-là commençait à s'affaiblir.

« Pourquoi ne se trouve-t-il pas au rendez-vous? se demandait-il avec une inquiétude toujours croissante; et ses amis sont-ils si bien travestis que je ne puisse les reconnaître? »

Il cherchait encore à découvrir parmi la foule ceux qu'il attendait, quand il aperçut, au milieu d'un groupe de femmes qui débouchaient sur la place en proférant d'horribles blasphèmes, une figure d'homme qui ne lui était pas inconnue. L'individu, qu'il avait pris d'abord pour un gentilhomme déguisé, n'était autre que le digne neveu du serrurier Gamain, venu avec les *lécheuses de la guillotine* pour injurier à son aise celle qu'il avait toujours détestée.

A la vue du misérable, Armand porta la main au poignard caché sous ses habits, et il allait peut-être lui sauter à la gorge, quand de sinistres clameurs venant du côté de la rue Saint-Honoré annoncèrent l'approche du funèbre cortège s'avançant avec une lenteur calculée.

Partie à onze heures de la Conciergerie, la condamnée n'arrivait qu'à midi passé sur la place Louis XV.

Un monstre avait osé dire :

« Il faut que la veuve Capet boive longuement la mort, » et on avait prolongé son agonie le plus longtemps possible.

XXXVII,

Posée par Armand, qui n'avait plus conscience do ses actes, sur une des traverses reliant les piliers de l'échafaud, j'eus la triste consolation d'apercevoir une dernière fois ma chère maîtresse, et la douleur d'assister forcément au dénouement de l'épouvantable drame offert au peuple français par la révolution.

On comprendra, je l'espère, combien il doit m'en coûter de retracer ici de si poignants souvenirs; mais, ayant partagé la bonne fortune de la reine, je me reprocherais de l'abandonner au pied de son calvaire.

Hélas! je l'avais connue autrefois brillante de jeunesse et de santé.

Je l'avais vue au petit Trianon, simple, affable et gracieuse avec son entourage; au palais de Versailles, imposante et majestueuse dans ses brillants costumes d'apparat; au Temple enfin, digne et toujours belle sous ses sombres habits de veuve : je la retrouvais ce jour-là presque méconnaissable.

Il avait suffi d'une seul nuit pour blanchir entièrement ses cheveux, pour creuser des rides profondes sur son noble front, pour enlever à son corps sa grâce et sa souplesse ordinaires et lui donner la rigidité d'un cadavre. On aurait pu croire qu'elle n'était plus de ce monde, si l'éclat de ses beaux yeux obstinément tournés vers le ciel n'avait prouvé que la sainte femme attendait encore avec résignation la palme du martyre.

Il me semble la voir encore vêtue d'un déshabillé de piqué blanc, chaussée de souliers de prunelle noire, un fichu de mousseline autour du cou, sur la tête un bonnet de linon sans barbes.

Mais ce n'était pas dans un carrosse, comme le roi Louis XVI, que ses bourreaux la menaient à la mort.

C'était dans une ignoble charrette, traînée par un mauvais cheval et conduite par un homme en blouse à figure sinistre.

Son mari avait pu monter les marches de l'échafaud libre de tous liens; on avait poussé la barbarie jusqu'à la lier comme une vile criminelle.

Armand bouillait d'impatience; le cou tendu, replié sur lui-même, le poignard à la main, il attendait avec anxiété le signal convenu pour s'élancer, en même temps que les autres conjurés, sur les soldats qui amenaient la condamnée.

Mais c'est en vain qu'il prêtait l'oreille; et cependant sur cette vaste place couverte de monde régnait en ce moment un silence de mort.

Aux lazzis grossiers, aux injures, aux cris féroces qui avaient accompagné la reine depuis le départ de la prison, avait succédé une morne stupeur.

En présence de l'innocente victime qu'on allait immoler, la foule paraissait en proie à un saisissement involontaire; elle semblait éprouver comme un remords anticipé de l'épouvantable crime qu'elle allait laisser commettre.

La reine venait d'arriver au pied de l'échafaud, et de Rougeville, le chef du complot, n'avait pas encore donné signe de vie.

De l'endroit où j'avais été déposée, je ne pouvais plus apercevoir la reine, que des gendarmes entouraient; mais je suivais tous les mouvements d'Armand, dont l'état faisait pitié : un tremblement nerveux agitait ses membres, et la pâleur livide répandue sur son visage lui donnait l'apparence d'un spectre.

« Mais où donc se cache de Rougeville? murmurait-il tout bas en promenant de nouveau autour de la place ses yeux devenus hagards. Pourquoi ne se montre-t-il pas, mon Dieu?... Bientôt il sera trop tard. »

Puis, après quelques secondes d'une anxieuse attente, attente, hélas! toujours vaine, et qui dut lui paraître un siècle, perdant enfin l'espoir d'entendre le signal convenu, il se précipita tête baissée sur les soldats qui contenaient la foule, en criant de toute la force de ses poumons :

« A moi, mes amis! Vive la reine! »

Un coup sourd, qui vint me glacer d'effroi, répondit seul au suprême appel de celui dont le dévouement filial devait être inutile.

Le couperet national venait d'accomplir son œuvre; et, pendant qu'une populace en délire massacrait et foulait aux pieds le généreux enfant qui s'était sacrifié pour sa bienfaitrice, la fille des Césars allait rejoindre au ciel le fils de saint Louis.

XXXVIII

Pendant la nuit, les charpentiers étant
venus démonter l'échafaud, je tombai entre
les mains d'un être grossier, complètement
incapable d'apprécier mon mérite.

Rentré chez lui, cet homme me jeta dédaigneusement dans un coin de son taudis,
et quelque temps après il me vendit à un
brocanteur, qui acheta au poids le tas de
ferraille dont je faisais partie.

Ce brocanteur, comme beaucoup de ses
confrères, avait l'habitude d'étaler chaque
matin sa marchandise sur le quai de la Mé-
gisserie : c'était une espèce de marché en
plein vent, où, à cette époque, les ouvriers
et même les petits rentiers venaient choisir
parmi la ferraille éparse sur le pavé les objets à leur convenance, les uns pour rem-
placer à bon marché quelques clefs perdues,
les autres pour faire emplette d'un outil
d'occasion ou d'un ustensile de ménage :
pelles, pincettes, fers à repasser, poêles à
frire; dans ces bazars improvisés on trouvait de tout.

Il y avait déjà plus d'un an que je figurais, sans trouver d'acheteur, au milieu d'une foule d'objets plus ou moins recherchés par la pratique, quand, un matin, malgré la rouille qui commençait à me couvrir, j'attirai l'attention d'un passant.

Cet individu, qui avait l'apparence d'un domestique de bonne maison, s'était baissé pour me regarder de plus près. Après m'avoir longuement examinée, il se décida à entrer en pourparler avec le brocanteur auquel j'appartenais.

Le marché fut bientôt conclu : car le vendeur n'attachait pas grande importance à sa marchandise, et celui qui la convoitait payait sans marchander.

Il est vrai que le prix demandé n'était pas exorbitant : douze sous, ni plus ni moins ; ransaction dérisoire, eu égard à ma véritable valeur, et bien faite, on en conviendra, pour m'humilier profondément, si presque aussitôt je n'avais acquis la preuve que mon brocanteur venait de faire un marché de dupe.

L'homme qui venait de me payer douze sous, et qui n'était autre que l'ancien valet de chambre de M. de Rougeville, ne m'eut pas plus tôt serrée dans sa poche, qu'il s'éloigna à grands pas, comme s'il eût craint que son vendeur ne revînt sur sa parole.

« Imbécile! marmottait-il tout bas en marchant, me céder pour rien une clef que tant de gens eussent payée au poids de l'or!... car il n'y a pas à s'y tromper, cette petite clef est bien celle qui a été forgée par Louis XVI, qui a appartenu à Marie-Antoinette, et que j'ai vue chez mon maître la nuit où la reine a été condamnée à mort... Elle avait servi à siffler *le Père Duchêne*, et tous ces messieurs se la passaient de main en main. »

Hâtons-nous de dire que l'honnête serviteur de la famille de Rougeville n'eut pas un seul instant l'idée de s'approprier sa précieuse trouvaille.

Mais ceux auxquels il me réservait avaient tous quitté la France pour aller rejoindre les princes : ce ne fut que beaucoup plus tard, à la rentrée des émigrés, qu'il put enfin me remettre entre les mains du frère aîné de son ancien maître, mort sur l'échafaud comme celle qu'il avait voulu sauver.

M. G. de Rougeville possédait du chef de sa femme une magnifique propriété dans le département du Var, et il y passait une partie de l'année.

Ce fut à cette résidence que je fus apportée dans le courant de 1814. Depuis cette époque, passée à l'état de relique, les douloureux souvenirs se rattachant au rôle que j'ai été appelée à jouer dans le monde me rendent l'objet d'un culte religieux, dont ma modestie a souvent à souffrir.

Placée en évidence dans le salon d'honneur, à l'abri désormais des tempêtes révolutionnaires, je m'estime heureuse de n'avoir jamais figuré sous un numéro d'ordre dans le musée des souverains : si j'avais eu ce dangereux honneur, où serais-je aujourd'hui ?

Maintenant ma seule distraction consiste à relire chaque jour les diverses impressions des nombreux touristes admis à visiter la demeure seigneuriale de mon dernier maître. Ces impressions sont consignées sur un registre *ad hoc* placé près de la vitrine qui me protège, et sur laquelle on peut lire cette légende explicative :

CLEF FORGÉE PAR LE DAUPHIN DE FRANCE,
AYANT APPARTENU A LA REINE MARIE-ANTOINETTE.

Je ferai grâce au lecteur des mille réflexions plus ou moins banales qu'il m'a été donné de passer en revue, et je me contenterai, avant de prendre congé de lui, d'appeler son attention sur les lignes suivantes, tracées par la main d'un personnage illustre entre tous, descendu depuis longtemps dans la tombe, mais avec lequel l'histoire doit compter.

« La mort de la reine fut un crime pire que le régicide : crime purement gratuit, puisqu'il n'y avait aucun prétexte à alléguer comme excuse; crime éminemment impolitique, puisqu'il frappait une princesse étrangère, le plus sacré des otages; crime souverainement lâche, puisque la victime était une femme[1]. »

[1] Parti secrètement de l'île d'Elbe le 28 février 1815, Napoléon débarqua sans obstacle à Cannes le 1er mars. Mais, avant de se mettre en route pour la capitale, il dut se reposer pendant quelques heures dans un château des environs, où le concierge, ancien soldat de l'armée d'Égypte, prit sur lui de lui offrir l'hospitalité en l'absence de ses maîtres. C'est à cette circonstance qu'il est fait ici allusion.

FIN

16387. — Tours, impr. Mame.